이수경 작가가 들려주는 용기와 희망의 동화

203호 아이

글 **이수경** | 그림 **오상민**

도서출판 **명주**

초판 1쇄 인쇄 | 2023년 10월 16일
초판 1쇄 발행 | 2023년 10월 20일

글 | 이수경
그림 | 오상민
펴낸이 | 김영대
펴낸곳 | 도서출판 명주
출판등록 | 2011년 7월 20일(제 301-2013-083)
주소 | 서울특별시 강동구 천중로42길 45 2층
전화 | 02-485-1988
팩스 | 02-485-1488
ISBN 978-89-6985-022-5 03810

이 책은 용인특례시, 용인문화재단의 2023년도 문화예술공모지원
사업을 지원받아 발간·제작되었습니다.

* 10세 이상 어린이들을 위한 책입니다.
* 잘못된 책은 바꾸어 드립니다.

머리말

세상에는 잘 안 보이는 사람들이 있어요. 가난에 숨겨지거나 떠도는 아이도 있고, 외로움에 가려진 어른도 있어요. 어쩌면 외면하고 싶은 불편한 사람들일 수 있지요. 밝고 화려한 도시에서는 평범하고 행복한 사람들이 주류니까요.

그러나 우리가 외면해서는 안 되는 이웃이지요. 그 이웃들의 목소리와 모습을 열한 편의 동화에 담았어요.

그들이 당당하게 도움을 요청하고, 단단한 자존감으로 살아갈 수 있도록,

결핍을 건강하게 여기며 상처와 불안감을 드러내도록,

어떻게 다뤄야 할지 배울 수 있도록,

우리가 나눠야 할 사랑으로 채웠어요.

우리 친구들이 부디 다가가 위로도 전하고요, 세상을 바꾸는 이웃이 되길 바라요.

그 시작은 관심! 관심만으로도 큰 변화를 이룰 수 있다는 걸 기억하고요.

2023년 하늘연달

산모퉁이 작은 집에서

이수경 씀

신지우 그리고 장유빈

꾀 꼬리단풍 곱게 물든 하굣길이었어. 혼자 걸어가는데 내 폴더폰이 울렸어.

"따라 딴딴 따! 따라 딴딴 따!"

한쪽에 서서 번호를 확인했지.

02-423-03XX. 모르는 번호였어. 내 번호는 이전에 다른 사람이 쓰던 번호야. 한 동안 모르는 전화가 올 거라고 했어.

"모르는 번호는 절대로 받지 마."

엄마도 단단히 일렀어. 누굴까? 궁금했지만 받지 않았어.

"따라 딴딴 따! 따라 딴딴 따!"

그런데 다시 울린 거야. 같은 번호로.

이번에 등록한 피아노 학원인가? 조심스럽게 받았는데

"요보시오!"

불쑥 튀어나온 말이야. 가느다란 할머니 목소리였어.

"요보시오, 유빈이여?"

대뜸 유빈이냐고 물었어. 내 이름은 지우인데.

"아니에요. 전화 잘못 거셨어요."

상냥하게 끊었는데 또 울렸어.

"요보시오! 이거 유빈이 전환디."

"잘못 거셨어요, 할머니."

내 표정이 살짝 굳어졌어.

"우리 손주가 장유빈인디 아녀?"

예전에 이 번호를 썼던 걸까?

"네, 아니에요."

이번에는 좀 쌀쌀하게 전화를 끊었어. 나도 모르게 고시랑거리며 막 걸음을 옮기려는데 어머! 전화가 또 울리는 거야. 예상한 대로야. 그 할머니 번호였어. 어떡해. 잠시 고민하다가 그래, 이번이 마지막이야! 전

8

화를 받았어.

"할머니, 저는 유빈이가 아니라고요!"

재빨리 먼저 톡 쏘았어. 말투가 딱딱하다는 걸 느꼈나 봐.

"아녀? 그렇구면. 아닌가베."

할머니 목소리가 나직해졌어. 다행이야. 그런데 어쩐지 미안했어.

"유빈이가 손주예요?"

조금 부드러워진 말씨로 물었어.

"잉? 맞어. 내 손주여. 근디 이 번호가 아닌가베?"

"네, 아니에요. 다시 확인해보세요."

그런 다음 조용해졌어. 할머니가 전화를 끊었나 봐.

유빈이는 누굴까? 문득 유빈이라는 아이가 궁금해졌어. 몇 학년일까? 어디 살까? 달리기는 잘할까? 씩씩할까? 곱슬머리일까? 나처럼 초록색을 좋아할까? 아니면 노랑? 두꺼운 안경을 썼을까? 힘이 센 아일까?

상상의 나래를 펼쳤어.

난 친할머니, 외할머니 모두 돌아가셨거든. 그 아이는 할머니가 있어서 좋겠다는 생각도 들었어. 모르는 아이지만 부러웠어. 아주 잠깐.

폴더 폰을 닫으려는데,

"근디!"

깜짝이야. 다시 할머니 말소리가 들렸어. 전화를 안 끊었나 봐.

전화를 얼른 귀에 갖다 댔어.

"유빈이 친구여?"

헉! 갈수록 태산이야. 쑥 나오려는 짜증을 억지로 참았어.

"저는 유빈이 친구도 아니에요!"

큰소리로 또박또박 말했어.

"아, 아니여? 그럼 몇 살이여? 우리 유빈이는 여덟 살인디?"

"저도 같은 나이에요!"

심드렁하게 대답했어.

"글쿠먼."

할머니가 고개를 끄덕이는 듯 했어.

"아무튼 할머니. 더 이상 이 번호로 걸지 마세요."

통화는 그렇게 끝났어. 물론 잊었지. 더 생각할 것도 없잖아. 잘못
온 전화일 뿐이라고.

다음 날 하굣길이었어. 학원 버스에 앉아 출발을 기다렸어.

"따라 딴딴 따! 따라 딴딴 따!"

전화에 뜬 번호가 눈에 익었어. 그 할머니였어. 전화를 만지작거렸어.

'받을까, 말까?' 잠시 고민하다가 받았어.

"유빈이여?"

어제 그 아이 이름을 불렀어.

"그려, 유빈이구먼!"

내 대답보다 할머니가 조금 더 빨랐어.

"네⋯."

나는 그냥 대충 대꾸했어. 몸이 좀 아팠거든.

"근디 어디 아퍼?"

할머니가 날 보고 있는 것 같았어.

"네. 열이 좀 났어요."

"힘들어서 우짜까이. 빙원에 간냐?"

"아뇨. 학원에 가야 해요."

"뭣이여? 아픈디 어델 간다고?"

할머니는 막 야단야단이었어. 빨리 병원에 가라면서.

말소리가 얼마나 컸던지 운전사 아저씨도 들었나 봐. 내 자리가 운전석 바로 뒤였거든.

"너 열 나? 그럼 어머니한테 전화 드릴게."

아저씨는 내가 말할 틈도 안 줬어.

엄마와 통화를 마친 아저씨가 전화를 바꿔줬어.

"많이 아파? 상가 이비인후과 갈 수 있지?"

엄마 큰소리가 놀라서 달려왔어.

할 수 없이 버스에서 내렸어.

그러는 동안에도 할머니는 전화를 끊지 않았어.

"네 몸보다 중요한 게 뭐시여, 아가. 빙원에 후딱 가라이?"

할머니는 계속 모르는 아이를 걱정했어. 그래도 기분이 나쁘지는 않았어.

이비인후과에서 진료를 받았어. 목이 부었대.

"채소 많이 먹어라. 인스턴트 음식 먹지 말고."

의사 선생님이 근엄하게 일렀어. 의사 선생님은 다 보이나 봐. 난 채소를 안 먹거든. 특히 브로콜리와 시금치는 끔찍해. 물론 나물도.

다음 날 급식시간에도 어묵볶음과 밥 반 주걱만 받았어. 요구르트도 받아왔지. 함께 나온 바나나는 같은 모둠인 지원이 줬어. 그렇게 먹었더니 하굣길에 배가 고팠어. 곧 학원 차가 올 텐데 어쩌지? 잠시 고민하다가 편의점에 들러 삼각 김밥과 컵라면을 샀어. 재빨리 컵라면에 물을 붓고, 채 익지도 않은 라면을 먹기 시작했어.

"야, 너 그거 언제 먹어?"

함께 학원 차를 기다리던 우리 반 하민이가 눈이 똥그래졌어. 마음이 급해졌지. 늦으면 먹다말고 가야하니까.

"그러다 체해!"

다른 반 온유도 얼굴을 찌푸렸어. 내 볼이 미어터질 듯 했거든.

"따라 딴딴 따! 따라 딴딴 따!"

때마침 전화가 울렸어. 엄마겠지. 전화를 열었어. 어? 아니야. 그 할머니인거야. 왠지 싫지 않았어. 냉큼 전화를 받았지.

"유빈이여?"

여전히 유빈이를 찾았어.

"네."

대답이 자연스러웠어. 유빈이가 된 거야.

"아이고, 우리 유빈이 뭐 먹어?"

어떻게 알았지? 나는 오물거리던 걸 마저 삼켰어.

"컵라면이랑 삼각 김밥이요."

"뭐시여? 그런 걸 묵는다고?"

할머니 목소리가 확 높아졌어.

"점심을 적게 먹어서 배고파요."

어리광을 부리듯 말꼬리를 늘렸어.

"아가, 그럼 후딱 집에 가서 밥을 묵어야재!"

"엄만 회사 가셨어요. 저도 학원 가야해요."

말해놓고 라면 국물을 한 모금 들이켰어.

"아가, 몸에 나뻐이. 그런 거 묵지 말랑게! 내쏴버려!"

펄쩍펄쩍 뛰었어.

"할미가 닭 한 마리 푹 고아서 줄랑게!"

당장이라도 달려올 것만 같았고.

"할머니 속상해요?"

내가 눈웃음을 지으며 물었어.

"하모, 그라제. 우리 유빈이가 그런 걸 묵은 께 내 속이 말이 아녀."

"그럼 내일은 안 먹을게요."

시키지도 않았는데 고분고분했어.

"흐미, 우리 유빈이가 참말로 예뻐이. 이 할미 맘도 알고이!"

할머니가 환하게 밝아졌어. 나도 괜히 기분이 좋았어.

"그럼 앞으로 브로콜리나 시금치도 먹을게요."

불쑥 약속도 해버렸어.

'뭐야, 신지우. 너 약속 지킬 수 있어?'

내게 놀라고 있는데

"우리 유빈이 장허다, 장혀."

할머니가 막 칭찬을 하는 거야.

엄마는 백점을 맞아도 별 반응이 없는데.

"당연한 거 아냐?"

이 한마디가 끝이거든. 그런데 봐! 할머니는 채소 먹겠다는 약속에도 칭찬이 마구 쏟아지잖아. 이 할머니가 진짜 우리 할머니면 어떨까? 유빈이라는 아이가 점점 부러워졌어.

다음 날 2교시가 막 끝난 뒤야.

"너 따위가 뭘 안다고 그래?"

짝꿍이 또 악을 썼어.

"고령토가 뭐냐?"

나한테 물었거든. 그래서 내가 아는 내용을 말했지. 고령토 나이는 공룡과 같다는 이야기를 한 것뿐이라고.

거대한 바위였지만 부서지고 부서져서 지금은 흙이 되었고 그 흙으로 도자기를 빚는다고 했어. 그 말을 하자마자 저렇게 외친 거야.

왜 화를 내는지 알 수가 없어. 툭하면 이유 없이 부글부글 끓어올라.

"재수 없어! 꺼져!"

16

뒤이어 이런 거친 말도 서슴지 않았어.

'그런 말 좋은 말이 아니잖아!'

나도 주먹을 불끈 쥐며 따지고 싶었어. 하지만 실행에 옮기진 않았어. 내게 소중한 인물이 아니거든. 습관처럼 심호흡을 했어.

'쟤, 스트레스가 많나 봐.' 나를 위안하며.

교실 청소를 마친 뒤 학원으로 갔어.

"따라 딴딴 따!"

딱 이때면 울리는 엄마 전화야.

"오늘 야근이라 늦어. 끝나면 전화해."

빠르게 말하고 전화를 끊었어. 그게 전부야.

'오늘 학교에서 어땠어?', '배는 안 고파?' 이런 말 한마디도 없었어. 다들 자기 말만 해. 힘이 빠지고, 쓸쓸했어. 시무룩하게 한숨이 나올 때였어.

"따라 딴딴 따! 따라 딴딴 따!"

번호를 확인하던 내 눈이 화들짝 커졌어. 할머니였어.

"할머니?"

기다린 것도 아닌데 반가웠어. 진짜 유빈이가 된 것 같았어.

"왜 그냐? 아가! 말소리가 어찌 쬐깐하냐, 잉?"

내 작아진 목소리까지 눈치 챈 할머니가 고마웠어. 나는 짝꿍과 있었던 일을 털어놓았어.

"할머니, 그 친구 때문에 속상해요."

입을 쑥 내미는데 할머니 목소리가 와락 달려왔어.

"친구는 뭔 친구여. 친구 아녀. 동급생이여."

이제까지와는 다르게 딱 잘라 말했어.

"같이 공부하는 반 아그들 말여. 그 아그들 하고는 크게 안 싸우면 되는 거여. 공부도 함께 하고, 밥도 같이 묵고, 지우개 빌려 달라고 하믄 빌려주고, 그거면 되어야. 그게 사이좋은 거여."

동급생이라니. 어려운 말이라서 나중에 검색을 해봤어. 영어로 클래스메이트라고 나왔어. 프렌드가 아니라.

"유빈이가 쪼깨 씩 크다 보면 마음이 통하는 친구를 만나게 될 거거든. 유빈이가 넘어졌을 때 아무리 바빠도 와서 일으켜 주고, 함께 빙원에 가주는 친구 말이여. 그 친구캉 좋은 사이를 위해 애쓰면 되야. 저 바쁘다고 그냥 내쏴삐리는 동급생 말고이."

들다보니 어렴풋이 알 것도 같았어. 든든한 내편이 생긴 기분이었어. 나는 처음으로 할머니에게 따뜻한 인사를 했어.

"할머니, 안녕히 주무세요!"

마치 선물을 전하듯 말이야. 진심을 담아.

학원버스에서 내렸어. 시계를 보니 열 시가 약간 넘었어. 정말 긴 하루였어. 나는 심호흡을 한 번 한 뒤 걸었어. 우리 아파트는 언덕에 있어서 한참을 올라가야 해. 터벅터벅 걷는데 외롭고, 허전했어. 엄마가 늦는다고 했으니 집도 텅 비었겠지.

아참! 우리 아빠는 연구원인데 외국에 계셔. 일 년 동안 출장이거든. 화상전화를 가끔 하지만 시간이 안 맞을 때가 많아. 더구나 이런 얘기는 못 해. 주로 공부 얘기만 급하게 하고 끊거든.

"영재 중학교를 가야 하니 공부 열심히 해!"라든지

"과학 고등학교 같은 특수 목적 고등학교를 가야 해."라든지

"서울에 있는 대학교 갈 준비, 지금부터 해야 해."

그런 이야기들 말이야. 하도 많이 들어서 귀에 딱지가 앉았어. 부모님은 나를 천재쯤으로 아나 봐. 난 평범한데.

컴컴한 집에 들어와서 불을 켤 생각도 하지 않았어. 많이 피곤했나봐. 털썩 침대에 누웠어. 아주 잠깐이었는데 잠이 들었나 봐.

"지우야, 신지우!"

날 부르는 소리에 눈을 떴어. 불 켜진 방에 엄마가 서 있었어. 팔짱을

낀 채 나를 내려다보고 있었어. 손등으로 눈을 비비며 벽시계를 봤어.

열두 시가 조금 넘은 시간인 거야. 실눈을 뜨고 엄마를 봤지. 엄마 표정

이 좋지 않았어. 부스스 몸을 일으켰어.

"왜… 요?"

엄마 눈치를 살피며 물었어.

"이 전화번호 누구야?"

엄마가 내 전화기를 들고 있었어. 통화목록을 살폈나 봐.

"02-423-03XX. 이 번호 누구냐니깐?"

서늘하게 따지고 들었어. 말문이 막혔어. 잘못 걸려온 전화라고 말하

려다 입을 닫았어. 할머니 이야기를 어떻게 시작할지 막막했거든.

"말 못 해?"

따끔하게 재촉했어. 뭔가 불길한 느낌이 들었나 봐. 그럴 수밖에.

저장된 번호가 아니잖아.

"그게 말예요. 사실은……."

첫 전화를 떠올리며 이야기를 시작했어. 말을 하는 동안 심장이 쿵쿵

뛰었어. 힐긋힐긋 엄마 눈치도 살폈어. 아주 잠깐씩 한숨도 섞었어.

"처음에는 전화가… 짜증났지만… 나중에는 반갑기도 했어요. 내 말

을 들어주니까."

말끝을 흐리며 얼굴을 푹 숙였어. 이젠 죽었구나 싶었어. 심장이 쿵 쾅쿵쾅 제멋대로 뛰었어.

그래도 할머니를 나쁘게 여길까 봐 그게 더 걱정이 됐어. 엄마는 아주 한참 만에 나를 불렀어.

"지우, 신지우."

얼굴을 드는데 엄마 눈초리와 마주쳤어.

"일단 자고 아침에 다시 이야기하자."

엄마는 조용히 뒤돌아섰어. 당황스러웠지만 일단은 안심이야. 열어 둔 창으로 붙박이별이 다가왔어.

아침이 되었어. 밤새 뒤척였나 봐. 눈꺼풀이 무거웠어. 잠이 덜 깬 침대로 햇살이 찾아들었어.

"지우, 신지우! 식탁에 앉아 봐."

밖에서 엄마가 불렀어. 나는 가만히 일어나 밖으로 나갔어.

엄마는 미리 식탁에 앉아 있었어. 내 전화기를 앞에 둔 채 말이야.

"자, 이제 전화 걸어 봐."

엄마가 눈짓을 했어. 나는 마른 침을 꿀꺽 삼켰어. 바짝 긴장이 됐어. 내가 먼저 전화 건 적은 없잖아. 통화 버튼을 눌렀어.

"뚜루루, 뚜루루. 뚜루루."

세 번 정도 울렸는데도 받지 않았어. 엄마와 내가 동시에 고개를 들었어. 그 후에도 서너 번 더 울렸지만 연결이 안 됐어.

"아직 주무시나 봐, 엄마."

나는 엄마 눈치를 슬쩍 살피며 말했어. 엄마는 나를 마치 낯선 사람 대하듯 힐끔 한 번 바라봤어.

또 다시 재발신을 눌렀어. 여전히 안 받았어. 이번에는 열 번 정도 벨이 울렸던 것 같아. 엄마가 시계를 봤어. 출근해야 할 시간인 거야.

"저녁 때 다시 얘기하자. 알았지?"

엄마가 눈에 힘을 콱 줬어. 나는 고개를 크게 끄덕였어.

학교 가는 길에 다시 한 번 통화 버튼을 눌렀어.

"뚜루루 뚜루루 뚜루루 뚜루루."

신호만 계속 갔어.

'아직 주무시나?' 싶다가 '혹시 아프신 건가?' 걱정이 되었어.

수업 마친 뒤 학원버스 안에서도 전화를 걸었어. 한 번, 두 번, 세 번, 연이어 재발신을 눌러댔어. 걱정이 커져갔어. 그렇다고 할 수 있는 게 없잖아. 나는 진짜 유빈이도 아니란 말이야.

폴더 전화를 열었다가 닫기를 반복했어.

학원에서 수학 시험 백점을 받았는데도 기분이 그저 그랬어. 오히려 선생님이 고개를 갸웃거렸어.

"지우야, 너 정말 잘한 거야. 어려운 문제였어."

엄지손가락을 치켜세워도 빙긋 웃고 말았어. 그만큼 할머니 생각으로 가득했던 거야.

오늘은 영어 학원을 안 가는 날이야. 엄마도 일찍 퇴근했어.

"엄마가 전화번호를 적어갔어. 틈날 때마다 계속 걸어도 안 받던데. 일이 손에 잡히지도 않아서 일찍 왔어."

엄마가 된장찌개를 끓이며 말을 이었어. 그때였어.

"따라 딴딴 따! 따라 딴딴 따!"

내 전화가 울렸어. 다급하게 전화를 열었어.

할머니, 할머니 번호였어.

"할머니?"

다급하게 받아서는 다짜고짜 외쳤어. 눈물이 날 지경이었어.

그런데 할머니가 아닌 거야.

"안녕하세요. 여기는 단풍 요양원인데요. 전화기 선이 종일 빠져 있었지 뭐예요. 꽂고 나서 수신전화를 보니 이 번호가 많이 찍혀 있어서 전화 드렸어요. 어느 어르신 찾으시죠?"

아줌마가 상냥하게 물었어. 나는 대답도 못하고 머뭇거리는데 엄마가 스피커폰을 누른 뒤 물었어.

"요양원이라고요? 그럼 이 번호가 요양원 번호인가요?"

"네, 맞습니다. 단풍 요양원이에요. 어느 어르신을 찾으세요?"

그 순간 엄마가 내게 눈짓을 했어. 아는 정보를 말하라는 신호였어. 나는 재빨리 외쳤어.

"유빈이요. 유빈이 할머니요."

"유빈이… 유빈이가 할머니 존함인가요?"

아줌마가 뜸을 들이며 되물었어.

"아니요. 그… 음… 손주 이름이에요."

마음이 급해 더듬더듬 더듬거렸어.

하지만 어쩌지? 찾지 못했어. 아줌마가 옆에 있는 직원에게도 묻는 소리가 들렸어.

"유빈이 알아? 유빈이? 유빈이라는 보호자 들어봤어?"

뭐, 이런 말이었어. 그런데도 못 찾았어. 전화를 끊었어. 멍했어. 요양원이라잖아. 당황스러웠어. 아무 말도 할 수가 없었어. 엄마도 지그시 나를 바라보았어. 그러는 동안 된장찌개가 보글보글 소리를 내며 끓었어.

"어머나, 내 정신 좀 봐!"

엄마가 부리나케 가스 불을 줄였어.

약 십 분이 흘렀을까. 먼저 말문을 연 건 엄마였어.

"지우야, 우리. 그 요양원 가볼까?"

나는 내 귀를 의심했어. 분명 무시무시하게 혼날 줄 알았거든.

나는 커진 눈으로 엄마를 쳐다봤어.

"어떤 할머닌지 엄마도 궁금해졌어. 우리 지우에게 따뜻하게 대해주신 분이라며. 게다가 외할머니……."

엄마가 멈칫 말을 끊었다가 이었어.

"외할머니도 요양원에 계셨잖아. 코로나 때문에 자주 못 뵀는데 돌아가신…."

엄마 눈이 붉어졌어. 나도 외할머니가 떠올랐어. 하늘나라에서도 나를 응원할거라던 외할머니.

"네, 가요."

대답과 동시에 일어섰어.

길 찾기로 검색해 보니 요양원까지는 차로 사십 분이 걸린대.

"너무 늦지 않았겠지?"

엄마가 서둘러 겉옷을 걸쳤어. 나도 현관으로 달려 나갔어.

요양원 1층은 조용했어.

창밖으로 노란 은행잎이 와그르르 날렸어.

"유빈이 할머니라고 했죠? 가만있자……."

직원 아줌마가 서류를 뒤적이는 동안 두리번거렸어.

할머니 얼굴도 모르는데도 복도 쪽으로 목을 뺐어.

할머니는 어떤 모습일까? 하얀 머리카락일까? 허리가 굽었을까? 주름이 많고 눈이 어두울까? 아냐, 아냐, 어쩌면 씩씩하고, 웃음이 많은 할머니일지도 몰라. 생각이 꼬리를 물었어.

그때 복도 중간쯤에 휠체어를 탄 할머니가 보였어. 조그맣고 하얀 할머니였어. 힘겹게 휠체어를 밀며 데스크로 다가왔어. 돋보기를 코에 걸친 채 고개를 흔드는 할머니였어. 간신히 전화기를 들더니 꾹꾹 전화번호를 눌렀어.

"따라 딴딴 따! 따라 딴딴 따!"

동시에 내 전화가 울린 거야. 세상에! 엄마와 내 눈빛이 마주쳤어. 엄마가 고개를 끄덕였어.

"유빈이여?"

맞아. 할머니였어. 나를 등진 채 할머니가 유빈이를 불렀어.

"네, 할머니. 저 유빈이에요."

"아이고, 내 강아지. 밥은 묵었어?"

할머니 음성이 가늘게 떨렸어.

"할머니, 어디 아프세요?"

"응, 어제는 죙일 앓았어. 그래서 요로코롬 전화도 못했지."

할머니 굽은 등이 흔들렸어. 직원 아줌마가 다가와 엄마한테 소곤거렸어.

"저 할머니인가요? 어쩌나. 치매가 있어요. 가족은 모두 미국에 있는데 비용만 보내오거든요. 국제전화도 안 되는데 누구한테 만날 거나 했더니 어째요. 예전에도 한 번 이런 일이 있었어요. 그때 크게 항의를 받았는데. 죄송해요. 모르는 분이지요?"

아줌마가 엄마한테 굽실댔어. 엄마는 아무 대답도 하지 않은 채 할머니만 고요하게 바라보았어.

"저 오늘 브로콜리 먹었어요. 시금치도 먹었고요."

할머니와 통화를 하며, 엄마 손을 가만히 잡았어.

"오메, 내 강아지. 잘혔어. 참 잘혔어. 내가 춤이라도 춰야재!"

할머니가 굽은 등을 일으켰어. 한 손을 치켜들더니 하늘하늘 흔들었어.

정말 기뻤어. 그 춤은 나를 위한 춤이 분명했거든.

전화를 끊은 뒤 우리는 조용히 요양원을 나왔어.

돌아오는 길에 엄마는 말이 없었어. 외할머니 생각을 하는 걸까?

가끔씩 눈시울이 붉어지는 게 보였거든.

다음 날에도 어김없이 전화가 울렸어.

"유빈이여?"

할머니야. 나를 걱정해 주는.

"네! 유빈이에요, 할머니. 오늘은 안 아프세요?"

"하모, 안 아파. 우리 유빈이가 있응께 한나도 안 아퍼잉."

할머니 목소리가 힘차 보였어.

유빈이가 된 나, 신지우도 활짝 웃었어.

어젯밤에 엄마도 유빈이가 되는 걸 허락했어. 어디 그뿐이게?

이번 주말에 엄마는 요양원에 봉사하러 갈 거래.

"뭘 해가면 좋아하실까? 닭죽? 불고기?"

오랜만에 즐거워 보였어.

나는 당분간 전화만 받기로 했어. 유빈이가 되어서.

뭐 내가 유빈이가 아니면 어때.

나 자꾸 웃는 거 보여? 할머니가 생겼어. 내게도!

산책길 할아버지

"선 재야! 두부 산책 시켜야지!"

저녁 무렵 엄마의 큰 목소리가 거실에서 울렸어. 두부는 선재네 강아지 몰티즈야. 털 빛깔이 하얘서 두부라고 이름 지었어.

선재는 컴퓨터 게임을 하다 말고 벽시계를 쳐다봤어.

"다섯 시 삼십 분이네요."

선재는 '밖에서도 들려라!' 크게 외쳤어.

"알고 있어. 두부가 낑낑대서 그래. 다녀와서 삼십 분마저 해."

엄마 말씀에 선재는 입맛을 다셨어.

어쩔 수 없이 컴퓨터를 끄고 일어났지, 뭐.

선재는 2학년이야. 학습지 공부를 마친 뒤 늘 한 시간씩 컴퓨터 게임을 해. 두부를 산책시키는 조건이었어.

두부 목줄을 매고 밖으로 나왔어.

"뻐꾹, 뻐꾹!"

뻐꾸기 소리가 가까이 다가왔어. 여우비가 다녀간 뒤여서 바람도 상쾌했어. 기분이 좋아져서 콧노래까지 흥얼거리고. 걸음도 가벼워서 늘 다니는 코스, 찻길 아래 실개천 산책로까지 금방 갔어.

"찌릉, 찌릉!"

자전거를 타거나 산책하는 사람들이 제법 많았어. 두부도 기분이 좋았나 봐. 킁킁거리며 풀꽃 향기를 맡았어. 앞에서 뚱뚱한 아줌마가 몰티즈 한 마리를 데리고 걸어왔어. 선재는 두부 목줄을 짧게 잡았어.

'사람들 많은 곳에서는 목줄을 짧게 잡거라.'

엄마 말씀이 떠올랐거든. 그런데 어, 어!

"까앙! 앙 앙 앙 깡! 앙"

두부보다 작은 강아지가 신경질을 내며 달려들었어.

놀란 선재가 뒷걸음질을 쳤어.

"깨앵… 깽… 낑……낑……."

두부도 얼른 선재 다리 뒤로 숨었어.

목줄을 잡은 선재 손에도 땀이 배었어.

'줄 좀 짧게 잡으세요.'

이렇게 외친 것 같아, 물론 속으로만.

아줌마는 아무렇지 않게 지나가 버렸고, 길은 다시 평화로워졌어.

졸랑졸랑 흐르는 실개천으로 청둥오리가 날아와 사뿐 앉았어. 물 위 세상이 궁금한 송사리도 뛰어올랐지. 그럴 때마다 비늘이 반짝였어.

그때였어.

"개 좀 못 짖게 해, 시끄러워!"

벤치에 앉은 할아버지가 소리쳤어. 몸집이 크고 머리가 하얀 할아버지였어.

"개판이야, 개판! 사람이 개를 모시고 사는 세상이니, 원!"

잔뜩 찡그린 험상궂은 얼굴이 붉으락푸르락했어.

선재는 두부를 얼른 안았어. 할아버지가 앉은 벤치 앞을 지나야 했거든.

바싹 움츠러들었어.

'그냥 돌아갈까?'

잠깐 주춤했어. 평소에는 벤치 앞을 지나 약국과 버스 정류장을 지나도서관까지 빙 돌고 왔거든. 같은 마음이었나 봐. 까만 푸들 한 마리를 데리고 나온 아주머니가 투덜대더니 되돌아갔어.

"아휴, 저 어르신 있을 때 나오지 말아야지 원."

한 할머니도 종종걸음으로 지나치며 입을 삐죽였어.

"어서 가자, 얘들아. 심술쟁이 영감 같으니라고."

데리고 나온 시추 두 마리를 재촉했어.

선재도 얼결에 발길을 되돌렸지.

집으로 돌아온 선재는 툴툴거렸어.

"엄마, 어떤 할아버지가 세상이 개판이라고 막 소리쳤어요."

"그래?"

엄마 눈이 똥그래졌어.

"산책로에 개가 많아서 싫은 거죠?"

"음, 개를 싫어하는 분인 게지. 소리까지 치셨어?"

"지나는 사람들 얼굴이 불쾌해졌어요."

선재도 못마땅한 표정을 지었어요.

"그러게. 엄마라도 당황했겠구나. 가만… 그래도 할아버지도 그러실 만한 이유가 있지 않았을까?"

"이유?"

선재가 눈빛을 반짝였어.

"선재는 개를 좋아하지?"

"네!"

"시골 할머니는 개를 싫어하시잖아."

"맞아요! 개가 무섭고, 그냥 싫다고 하셨어요."

"그래, 세상에는 개를 좋아하는 사람도 있고, 싫어하는 사람도 있는 거야. 고양이를 좋아하는 사람도 있고, 싫어하는 사람도 있는 것처럼 말이야. 개와 고양이 모두 좋아하는 사람도 있고, 모두 싫어하는 사람도 있겠지?"

엄마가 선재를 바라보며 빙그레 웃었어.

"저는 비를 좋아하지만, 누나는 비를 싫어해요."

"바로 그거야. 엄마는 여름을 좋아하고, 아빠는 겨울을 좋아하거든. 틀린 게 아니라 다른 거야."

"그래도 그 할아버지는 남을 배려하지 않았어요. 사람들을 불쾌하게 만들고."

선재가 입을 쭉 내밀었어.

다음 날도 두부는 그 시간에 산책을 했어. 멀리 할아버지가 보였어.

어제 그 벤치였어. 그런데 주변이 시끌시끌했어.

송아지만한 큰 개 끈을 잡은 깡마른 아줌마가 보였어. 우리 고모처럼 쉰 살은 되어 보였어.

"아니 이 영감이 대체 제 정신이야? 남의 개한테 왜 소리를 질러, 지르기를!"

덤빌 듯 포달졌어.

"내가 처음부터 소리를 질렀소?"

할아버지도 말소리를 키웠어.

"그러니까 왜 남의 개를 노려보냐고! 기분 나쁘게!"

"노려본 게 아니라 무서워서 봤을 뿐이오. 사람이 근처에 있으면 목줄을 바싹 잡아야지 않소. 그렇게 큰 개 목줄을 길게 빼고 다니니 겁이 나잖소!"

"우리 개는 절대로 안 물어. 얼마나 착한데! 나한테는 얼마나 소중한 가족인 줄 알아?"

아줌마가 할아버지 앞으로 한발 다가섰어. 큰 개도 자세를 낮췄어.

"크르르릉, 으르르릉, 크르르!"

입을 씰룩거리며 이빨을 드러냈어. 금방이라도 공격할 것만 같았어.

선재가 얼른 두부를 안아들었어.

'여차하면 언덕 위로 도망쳐야지.'

마음과는 달리 바짝 얼어붙었어.

마침 등산복을 입은 아저씨가 우뚝 멈췄어. 잠시 개를 보더니 아줌마를 불렀어.

"이보세요. 사람이 먼저 아닙니까? 개가 무서운 이들에게는 얌전한 개도 맹수예요. 게다가 저렇게 큰 개는 입마개를 하고 다녀죠. 젊은 저도 무섭습니다."

나지막하게 말했지만 힘이 들어 있었어.

아줌마는 할아버지와 아저씨를 번갈아 노려봤어. 분이 안 풀리는지 사납게 식식거렸어. 그 자리를 떠나면서도 알 수 없는 말로 악을 써댔어.

그날 이후 할아버지는 보이지 않았어. 다음 날도 그다음 날도.

그러는 동안 장대비가 내려 실개천이 힘차게 꿈틀댔어. 애기부들과 노랑꽃창포 사이로 청둥오리 새끼도 보였고. 다섯 마리나 되는 새끼들이 제 엄마 뒤를 졸졸졸 따라다녔지.

노을이 앉았던 바위에 왜가리가 다녀가기도 했어. 풍선 넝쿨도 문실문실 자라 손을 내밀었지. 수양버들, 참수리 나무 그늘도 짙어졌고.

일주일, 이주일, 한 달, 두 달…. 사람들 옷차림도 얇아졌어.

이제 선재는 화내던 할아버지가 생각나지 않았어. 할아버지가 앉았던 벤치 앞을 지나도 아무렇지 않았어.

그러다가 오늘 그 할아버지를 만난 거야.

선재는 벤치에 앉은 할아버지를 보고 걸음을 멈췄어.

'어쩌지? 되돌아갈까?'

두부를 얼른 안고 한숨을 폭 쉴 때였어. 할아버지 발 아래에 강아지가 있는 거야. 잘못 본 건가? 두 눈을 싹싹 비비며 봤어. 맞아, 강아지야. 초콜릿 빛 푸들이 확실했어.

더구나 할아버지가 강아지 목줄을 쥐고 있는 게 아니겠어. 어리둥절한 채 서 있는데 할아버지가 손짓을 했어. 다가오라는 손짓.

우물쭈물 다가섰지.

"몇 살이지?"

할아버지가 두부를 눈짓으로 가리켰어.

"…세 살이에요."

"우리 체리는 다섯 살이란다. 서로 인사하는지 어디 볼까?"

할아버지가 인자하게 두부를 바라보는 거야. 세상에 그 할아버지 맞아? 두부를 내려놓으면서도 어리둥절했어.

두부와 체리는 서로 다가가 냄새도 맡고, 꼬리까지 흔들었어. 다행히 느낌이 좋았나 봐.

"밥은 잘 먹니?"

할아버지가 몸을 구부려 두부를 살폈어.

"에. 먹성이 좋아요."

"이 녀석, 우리 체리만큼 순하구나."

"정말 순해요."

"…으응? 혓바닥이 왜 이러냐. 가만!"

할아버지가 쭈그려 앉더니 두부 혓바닥을 유심히 살폈어.

한참을 이리저리 살펴보더니 선재를 불러 앉혔어.

"혓바닥에 검보라색이 넓게 퍼진 게 보이네. 처음부터 이랬니?"

"네. 태어났을 때부터요. 나이 들면서 더 넓어졌어요."

"책에서 비슷한 걸 봤는데 혹시 모르니 병원에 가보렴."

선재는 말없이 고개를 끄덕였어.

벤치 앞을 지나던 할머니가 할아버지에게 알은 체를 했어.

"어머! 할아버지! 강아지 키우세요?"

그 할머니였어. 시추 두 마리를 산책시키며 '심술쟁이 영감'이라고 눈 흘기던 할머니 말이야. 시추 두 마리와 체리도 꼬리를 흔들며 반가워

했어.

할머니도 웃으며 말했어.

"이 잘생긴 강아지 이름이 뭐죠?"

"체리라오. 내가 지은 이름은 아니지만."

"체리! 잘 어울리는 이름이에요. 체리야, 자주 만나자! 안녕!"

할머니는 상냥하게 손을 흔들며 갔어.

선재는 할아버지가 쌍둥이 아닐까 의심이 들었어. 그렇지 않고서야 앞뒤가 이처럼 완벽하게 다를 수 있을까? 그런 선재 마음을 읽었을까? 할아버지가 체리 머리를 부드럽게 쓰다듬으며 말했어.

"아내가 죽고 난 뒤 늘 혼자였단다. 매일 외로웠지. 아침에 일어나면 이불 위에서 혼자 손뼉치기 운동도 하고, 크게 웃는 웃음 치료도 했지만 다 소용없었어."

할아버지가 고개를 들어 하늘을 쳐다보았어.

"나만 두고 떠난 아내에게 화가 나 있었어."

"할머니가 잘못한 일도 아닌데요?"

선재는 무심히 말해놓고 움찔했어. 혹시 화를 내면 어쩌나 싶었거든. 그런데 화를 내기는커녕

"네 말이 맞다. 허허, 여보! 미안해요."

먼 하늘을 향해 혼잣말을 했어.

"이 강아지는… 어떻게 키우게… 되셨어요?"

선재는 용기를 내서 물었어.

"앞집 총각이 체리와 둘이 살았거든. 그런데 미국으로 유학을 가게 됐대. 가면서 체리를 꼭 내게 맡기고 싶다는 거야. 몇 번을 찾아와서 간절히 부탁하더라고."

어디선지 흰나비 한 마리가 날아와 할아버지 어깨에 앉았어.

"정말 거절하고 싶었으나 엉겁결에 체리를 맡았지. 처음에는 난감했단다. 어쩌겠어. 개에 관한 책을 사서 열심히 공부하며 결국 함께 살게 됐지."

할아버지는 체리 이야기를 하는 동안 자꾸만 웃었어.

체리도 할아버지 다리에 머리를 비비며 애교를 부렸어.

"처음에는 몰랐는데 체리가 내게 주는 것이 참 많아."

"어떤 거예요?"

어느 틈에 할아버지 가까이 다가앉았어.

"듣고 싶니? 체리는 절대로 내 말을 끊지 않지. 끝까지 다 들어줘. 내가 무슨 말을 하던 화를 안 내. 짜증을 부리지도 않지. 무엇보다 언제나 내 곁에 있어 주지."

할아버지가 빙긋이 웃으며 체리 머리를 쓰다듬을 때였어. 진돗개 한 마리와 아저씨가 다가와 섰어.

"체리, 안녕! 어르신 안녕하세요!"

"아이고, 나오셨소. 어이, 젠틀맨! 오늘도 늠름하구나!"

할아버지도 인자하게 인사를 나눴어. 젠틀맨과 아저씨가 멀어지는 걸 보며 할아버지가 말을 이었어.

"내가 여기 혼자 앉아 있으면 아무도 말을 안 걸지. 그런데 체리와 함께 있으면 말을 걸고, 마음을 열지. 웃음을 나누는 친절한 이웃이 생겨."

체리도 할아버지 마음을 안다는 듯 꼬리를 흔들었어. 선재도 고개를 끄덕였어. 이제 할아버지가 무섭지 않았어. 험상궂은 표정은 사라졌거든. 화를 내면 튀어나올 듯 부리부리한 눈에 웃음이 가득 채워졌고.

할아버지가 자리를 털고 일어났어.

"우리는 저쪽으로 간다. 내일도 보자!"

할아버지가 체리와 저녁놀 속으로 걸어들어 갔어.

선재도 두부와 함께 길가 풀꽃향기를 따라 걸었지.

눈 익은 약국, 반가운 버스 정류장, 정다운 도서관과 눈 맞춤하며.

어느 때보다 행복한 콧노래도 부르면서.

203호 아이

겨울방학 첫날 아침이야.

"눈 온다, 눈!"

창밖을 보던 정우가 들떠서 외쳤어.

문득 석이와 한 약속이 떠올랐어. 석이는 열 살 동갑, 동네 친구야.

'눈 오면 바로 놀이터로 나와!'

신신당부했거든. 몇 번씩이나.

이유가 있었어. 눈사람 때문이야.

첫눈 내리던 며칠 전이었어.

"야! 누가 눈사람 크게 만드나 내기할까?"

석이가 배를 쑥 내밀고 소리쳤어.

"뭘 걸고?"

"더 크게 만든 사람한테 형이라고 부르기, 어때?"

또래보다 덩치가 큰 석이가 살살거렸어.

"그럼 우리 형제가 되는 거야?"

마르고, 몸집이 작은 정우도 쿡쿡거렸어.

사실 정우는 눈사람만큼은 자신 있었거든.

예전에 살던 동네에서도

"응달 눈보다 햇볕 앉은 눈이 더 단단하게 뭉쳐. 약간의 습기가 팁이야!"

이렇게 말하면

"와! 전문가다, 쟤."

아이들이 우러러 볼 정도였어.

물론 그 얘기를 석이한테 하진 않았지.

결론은 정우가 가볍게 승리.

눈사람 크기 차이가 제법 났어.

"형이라고 불러, 얼른!"

정우가 헤벌쭉거리며 재촉했어.

"형….."

석이가 마지못해 입을 뗐어. 잔뜩 볼멘소리로.

딱 한 번이었지만 석이 얼굴이 달아올랐어. 자존심이 팍팍 뭉개졌

나 봐.

"눈 오면 다시 해!"

콧김을 쉭쉭 내뿜었어.

그날 일을 석이도 잊지 않았나 봐. 놀이터로 달려 나왔어.

"이번에도 이긴 사람에게 형이라고 부르고?"

정우가 씩씩하게 물었어.

"오케이!"

석이 대답도 힘찼어.

정우는 그네 위의 눈을 뭉쳤어. 햇볕이 앉은 눈으로.

석이도 부지런히 눈을 뭉쳤어.

'이번만큼은!'

석이 마음이 다급했어.

그런데 이번에도 정우가 이긴거야.

"또 이겼어. 만세!"

정우가 팔짝팔짝 세리머니도 했어.

나란히 앉은 눈사람이 마치 형과 동생 같았어.

마침 놀이터에 조무래기들이 몰려왔어.

"뽀득뽀득, 뽀드득."

눈 밟는 소리도 뒤따랐어.

"와, 눈사람이 둘이다."

"눈, 코, 입은 우리가 만들어 줘도 돼?"

대답도 듣기 전에 아이들이 흩어졌어.

솔방울을 줍거나 나뭇가지를 찾느라.

정우는 석이를 다그쳤어.

"아직 형이라고 말 안 했어, 너!"

명랑한 목소리를 높였어. 오랜만에 어깨도 쫙 펴졌어.

콧노래까지 부르는 정우를 석이가 쏘아봤어.

두 주먹을 불끈 쥔 채 거칠게 식식거리더니 어머나!

"고시원에 사는 주제에!"

폭발하듯 악을 썼어.

"집도 없는 거지면서!"

빈정대며 목에 핏대를 세웠어. 그 소리가 얼마나 컸는지 몰라.

조무래기들이 일제히 정우를 바라봤어.

시끌시끌하던 놀이터가 쥐죽은 듯 조용해졌어.

어안이 벙벙해진 정우야. 온몸에 힘이 쫙 풀렸어.

때마침 부르는 소리가 들렸지.

"정우야, 밥 먹자!"

정우 아빠였어. 고시원 현관 앞에 서서. 유난히 우렁차게.

정우는 저도 모르게 내달렸어. 이를 악문 채.

얼마나 달렸을까? 뒷산으로 오르는 계단이 보였어.

아무도 없네. 털썩 주저앉았지. 비로소 서러움이 북받쳐 올랐어.

정우는 낡은 고시원, 작은 방에서 아빠랑 살아. 벌써 일 년째야.

학교를 갈 때면 밖을 살폈어. 혹시 친구들을 만날까 봐.

두리번거리다가 부리나케 뛰었어. 최대한 빨리 고시원과 멀어졌어.

고시원이 가까워지면 주변을 눈빨리 살피는 일, 습관이 됐어.

'진정한 멋짐은 털 색깔이 아니라 털 안에 있어.'

어릴 때 읽은 다람쥐 동화도 위안이 되지 않았어.

짝꿍 집에 초대받아 갔을 때도 그래.

"너희 집엔 언제 가 봐?"

짝꿍 말에 뜨끔했지만

"너희 집 참 좋다!"

딴청을 피웠어.

일요일 아침은 유난히 화창했어.

"정우야, 엄마한테 아침 인사하고 왔어."

아빠 말소리에 눈을 떴어.

엄마는 재활병원에 입원해 있어. 고시원과 5분 거리야.

큰 병원에서 밀려나 여기까지 온 거야.

엄마는 정우를 낳다가 뇌를 다쳤다고 했어.

여태 정우를 알아보지도 못해. 몸도 움직일 수 없어서 종일 간병인
을 써.

그래도 아빠는 엄마를 포기할 수 없다고 했어.

고시원에 사는 것도 집을 팔았기 때문이야.

병원비며 간병비가 엄청났거든.

"두고 봐, 정우야, 엄마는 꼭 일어날 거야."

아빠가 컵라면에 뜨거운 물을 부으며 말했어.

하얀 김이 라면 냄새와 뒤섞여 작은 방을 채웠어.

정우 가슴에 슬픔이 번졌어. 아무 대답도 할 수가 없었어.

아빠를 놀이터에서 피했던 일이 떠올랐어.

"아빠, 어제⋯⋯."

말을 더듬는 정우에게

"괜찮아. 오히려 아빠가 미안."

다 알고 있는 듯했어. 찡긋 윙크까지 건네는 걸 보니.

"그래도 우리, 엄마 가까이에 있잖아."

컵라면 국물에 밥을 말던 아빠가 성긋이 웃었어.

"그래도 우리, 엄마 가까이에 있어 ."

대리운전을 나가며 아빠가 한 번 더 힘주어 말했어.

겨울밤은 길었어.

휘이이호오 휘이오 휘이이.

칼바람이 어둠을 가르며 다녔어.

정우는 혼자 누워 뒤척뒤척 아빠를 기다렸어. 바스락 소리에도 화들짝 몸을 일으켰어. 아빠가 새벽이 되도록 돌아오지 않았어.

예전에도 두어 번 늦은 적은 있었거든.

무슨 일일까? 늦어도 너무 늦는 거야.

벽시계가 새벽 네 시를 가리켰어.

"왜 안 오시지?"

정우가 일층으로 내려가 관리실 창문을 두드렸어. 총무 삼촌이 불을 켰어.

"삼촌. 혹시 우리 아빠한테 연락 온 거 없어요?"

"없는데. 아빠 아직 안 오셨니?"

이런 이야기가 오갈 때였어. 고시원 현관이 열리면서 경찰관이 들어섰어.

"여기 오인수 씨 거주지인가요?"

무전기 소리와 함께 대뜸 아빠 이름을 댔어.

"아, 네! 이 아이 아빠예요. 무슨… 일인가요?"

총무 삼촌이 머뭇거리며 물었어.

"사고예요. 횡단보도 끝에 서 있다가 음주운전 차량에 치였어요. 응급실에서 신원조회를 했는데 주소지가 여기여서요."

말을 마친 경찰관이 정우에게 눈길을 돌렸어.

"그래도 생명은 건졌으니… 눈밭에 떨어진 게 천운이다."

얼음이 된 정우 어깨를 다독였어.

밖은 점점 푸른 새벽빛이 걷히고 있었어.

"아빠….."

병원 침대에 누워 있는 아빠가 낯설었어. 더럭 겁이 났어.

아빠도 엄마처럼 대답이 없었어.

"보글보글, 삐익 삑 삐익."

낯선 기계음이 아빠 대신 대답을 하는 것 같았어.

정우가 주춤주춤 아빠 곁으로 다가섰어.

"아빠, 다 자면 203호로 와요. 제가 퇴원 선물 드릴게요. 약속!"

아빠 손가락에 제 손가락을 걸었어.

이틀이 지났어. 203호엔 정우 혼자만 남았어. 눈물이 고였어.

세운 무릎 사이에 얼굴을 푹 묻었어. 얼마나 지났을까?

정우가 가만히 얼굴을 들었어.

주섬주섬 옷을 챙겨 입고 밖으로 나왔어. 엄마한테 갈 생각으로.

일학년 때까지는 엄마가 무서웠어. 비틀린 표정, 초점 없는 눈동자, 뻣뻣하게 굳은 팔과 다리를 보며 아빠 뒤로 슬그머니 숨었어. 이학년 땐 그나마 숨진 않았지.

엄마가 아픈 이유를 알게 된 건 삼학년 봄이야.

아빠가 조심스럽게 말해줬어. 정우를 낳다가 일어난 사고라고.

그런 줄도 모르고……. 나 때문인 줄도 모르고…….

자꾸만 움츠러들었어. 엄마 앞에서 쭈뼛거렸어.

아빠도 정우 마음을 읽었나 봐. 정우 손을 끌어당기며 나지막이 불렀어.

"정우야, 너를 가진 뒤 엄마가 제일 처음 한 말이 뭔지 아니?"

"뭐… 예요?"

"더 열심히 살아야겠다고 했어. 더 열심히 살겠다고. 너로 인해 엄만 길을 찾았다며 말이지. 엄마는 똑같은 상황이 되어도 너를 낳았을 거야.

어떤 경우라도 엄만 네 손을 놓지 않았을 거고."

그 말은 마법 같은 힘을 줬어. 엄마한테 다가갈 수 있도록.

따뜻한 엄마 손을 잡을 때마다 힘도 솟았어.

엄마가 살아 있다는 것만으로도 든든했지.

슈퍼 앞을 지나는데 아줌마가 불렀어.

"얘! 203호 맞지?"

풀죽은 정우가 고개 인사를 했어.

"그러고 보니 이름도 몰랐네. 네 이름이 뭐지?"

"정우, 오정우예요."

"그래, 정우구나. 그나저나 밥은 먹었니?"

아줌마 눈빛이 따뜻하게 다가왔어.

"쯧쯧, 그 점잖은 양반이 어쩌다 사고를 당해서……."

아빠 일도 알고 있는 듯했어.

그러는 동안 저만치 석이가 보였어.

물끄러미 정우를 바라보고 있었어. 조금 떨어진 전봇대 옆에서 우물쭈물.

정우는 터벅터벅 놀이터로 향했어. 석이는 그런 정우를 멀찌감치 뒤

따랐고.

"뭐해?"

석이가 다가와 물었어. 정우가 눈을 뭉쳤거든.

"눈사람 만들어."

"왜?"

"아빠 퇴원 선물이야."

"그럼 나도 할까?"

그 소리에 정우가 고개를 들었어.

"이건 내기가 아닌데?"

"나도 선물 드리고 싶어서."

석이가 머리를 긁적였어.

"그럼 함께 만들까?"

정우가 어색한 분위기를 풀었어.

"그래, 좋아!"

석이 목소리가 확 커졌어.

"눈사람 만든 뒤 우리 엄마한테 갈 건데… 갈래? 근처 병원에 계셔. 친구가 생겼다고 하면 엄마가 좋아할 것 같아서."

정우가 멋쩍게 웃었어.

"저번에 비겁했던 거 용서해 주면!"

석이도 머쓱하게 웃었어.

"틀린 말도 아닌 걸 뭐."

정우가 씩 웃으며 말을 이었어.

"나도 203호 아이란 말, 싫었어. 그래도 우리 식구, 203호 덕분에 흩어지지 않았다는 걸 깨달았어. 이제 아빠만 깨어나면……."

그 대목에서 말을 잇지 못할 때였어.

"정우야, 오정우!"

총무 삼촌이었어. 고시원에서부터 뛰다시피 다가왔어.

"방금 너희 아빠 깨어나셨대."

숨을 몰아쉬었어. 그 순간 정우가 툭 고개를 떨궜어. 굵은 눈물이 후드득 떨어졌고. 석이는 말없이 정우 곁을 지켰지.

함박눈 푸지게 내리던 날이었어.

아빠는 빠르게 회복되었어. 모두들 깜짝 놀랄 정도로.

한 달이 채 되지 않아 혼자서 걸을 수 있게 되었어.

"사람이 착해서 하늘이 도왔나 봐. 잘됐어. 잘됐어."

슈퍼 아줌마가 뛸 듯이 기뻐했어.

그동안 정우는 이사를 했어. 이사랄 것도 없어. 짐이라고 해봐야 가방 몇 개가 전부인 걸. 총무 삼촌이 옮겨주고, 청소까지 해줬어. 어디로 갔냐고? 슈퍼 뒤 아줌마 집에 딸린 방이야.

방 한 칸에 부엌과 거실, 화장실이 함께 있는데 넓은 마당도 있어.

무엇보다 이젠 밥을 해먹을 수 있게 된 거야.

정우는 슈퍼 아줌마에게 고맙다는 말을 백 번쯤 한 것 같아.

슈퍼 아줌마가 기꺼이 내어 준 방이거든. 말하자면 슈퍼 아줌마가 세 놓던 방을 무료로 준 거야.

"너희 형편 나아지면 그땐 많이 받을 거야. 그러니 너무 고마워할 것 없어. 당당하게 기죽지 마."

아줌마가 벙글벙글 웃으며 말했어.

정우는 이 사실을 엄마에게 가서 알렸어.

"엄마! 우리 이제 집이 생겼어. 병원과 가까워. 나, 공부 열심히 할 게. 빨리 나아."

엄마 손을 잡으며 신나게 말했어. 그 말을 듣고 어쩐지 엄마가 웃는 것 같았어. 정말이야!

아빠한테도 있었던 일을 전화로 말했지.

"아빠가 얼른 안 나을 수가 없구나. 부지런히 재활치료 받고, 하루라도 빨리 퇴원할게."

아빠 목소리가 쩌렁쩌렁 울렸어.

정우는 친구도 많이 생겼어. 놀이터에 가면 모두들 정우를 따랐어. 놀이터 대장이 된 거야. 그중에서도 석이는 늘 졸졸 붙어 다녀.

한 번 형은 영원한 형이라나.

총무 삼촌은 정우 과외 선생님이야.

"오늘은 수학과 영어를 할 거야. 책 챙겨서 와."

정우를 일으키는 가장 큰 힘이 되어줬어.

물론 석이도 함께 하자고 했지. 그럴 때마다 석이는 슬금슬금 뒷걸음질을 쳤고.

정우는 처음으로 행복을 느꼈어.

이젠 외롭지도 쓸쓸하지도 않아. 불안하지도 않고.

앞으로 어떤 일을 만나도 물러서지 않을 자신도 생겼지.

너나들이 한올진 이웃들 덕분에.

어때! 함박눈 내리면 정우네 동네에 놀러 갈래?

눈사람 누가 크게 만드나 내기도 하고!

기억하기 좋은 이름

우리 집은 3층이야. 서울에서도 변두리에 있는 오래된 빌라.

봄볕이 다가오는 일요일 아침이었어. 거실에 엎드려 숙제를 하던 중이었지.

"어떤 놈이야!"

날카로운 목소리가 훅 뛰어드는 거야.

놀라서 몸을 반쯤 일으켰지. 마침 동생 재우가

"형…."

우물쭈물 나를 부르더라고.

"왜?"

"일층 화단에 물을 뿌렸는데… 지나던 아줌마가… 맞았나 봐."

겁먹은 두 눈을 끔뻑였어.

동생이 부리나케 수도꼭지를 잠갔어.

"우리 화분에만 준 거 아니야?"

베란다 화분에 물을 주고 있었거든.

어쩐지 불길한 예감이 확 들었어. 굳은 얼굴로 반쯤 몸을 일으켰어.

"응, 화단 나무들도… 목마를까 봐… 물을 줬어."

동생 재우가 풀죽어서 더듬거리는데.

"거기, 베란다! 문 열린 삼층!"

천둥소리 같았어. 아줌마가 외치는 소리가.

"빨리 안 나와? 안 나오면 내가 올라간다!"

숫제 위협하듯 했어.

"너희, 오늘 죽었어. 딱 걸렸어."

곧이어 이런 소리가 날아들었고.

재우도 들었나 봐.

부리나케 안방 쪽으로 내달렸어.

"나 없어!"

벼락같이 외치더니 방문을 쾅 닫았어.

아니나 다를까 조금 뒤 초인종 소리가 요란하게 울렸어.

"띵똥! 띵똥! 띵똥! 띵똥! 띵똥! 띵똥!"

'아뿔싸!'

그 아줌마가 분명했어. 머릿속이 하얘지고, 가슴이 두근거렸어.

"띵똥! 띵똥! 띵똥! 띵똥! 띵똥! 띵똥!"

내가 망설이는 걸 알았을까? 연이어 눌러댔어.

'우리 집 초인종 소리가 이렇게 컸나?'

낯설 만큼 소리도 요란했어. 나는 마지못해 몸을 일으켜 현관 앞으로
다가섰어.

"누… 누구세요?"

주눅 든 내 목소리가 기어들어갔어.

"아래로 물 뿌린 놈이 너지? 빨리 문 열어. 얼른!"

서슬 시퍼렇게 다그치며 현관문을 탕탕 쳤어.

"제가 안 그랬는데요."

"거짓말 하지 마!"

분을 이기지 못하겠는지

"쾅!"

현관 아래쪽을 발로 찼어.

"스스스스."

낡은 문에서 녹슨 쇳가루가 쏟아져 내렸어. 나는 한 발짝 물러섰다가 다시 현관 앞으로 다가섰어.

어쩔 수 없잖아. 걸쇠를 건 채 현관문을 조심스럽게 밀었어.

"끼이익."

둔탁한 문소리가 오늘따라 유난히 크게 들렸어.

"너!"

아줌마 눈에서 불꽃이 튀었어.

빨간 립스틱을 바른 깡마른 아줌마가 바싹 다가섰어.

"너 오늘 혼 날 줄 알아! 너희 엄마 나오라고 해!"

"엄마, 지금 안 계세요."

"이 문 활짝 열지 못해!"

아줌마가 손잡이를 잡고 흔들었어. 걸쇠 소리가 '철컥철컥' 금방이라도 끊어질듯 위태로웠어. 더럭 겁이 났어. 그래서 나도 줄다리기하듯 재빨리 잡아 당겼어. 아줌마가 내 힘을 느꼈나 봐.

"네가 뿌린 물 때문에 옷 다 젖었는데 지금 장난하니, 나랑?"

소리를 꽉 질렀어.

"……."

"빨리 너희 엄마 안 불러오면 경찰에 신고한다."

아줌마가 손잡이를 거칠게 놓으며 으르렁댔어.

"엄마, 지금 안 계신다니까요. 그리고 제가 안 뿌렸어요."

잔뜩 쪼그라든 나에게

"그럼 누가 뿌렸어?"

입 꼬리를 비틀며 눈을 부릅떴어.

"그건……."

차마 말할 수 없었어. 동생은 겨우 일곱 살이야. 나와 여섯 살이나 차이가 난다고. 안방에 숨어 바들바들 떨고 있을 게 분명해.

"그건 말할 수 없어요. 그렇지만 죄송해요. 다신 안 그럴게요."

말하는 동안에도 두 손에 땀이 뱄어.

"오! 안 그랬다더니 거짓말까지 해?"

눈빛이 사납게 빛나는데

"쿵. 쿵. 쿵."

계단을 오르는 무거운 발소리가 들렸어. 허리 구부정한 경비아저씨였어.

"이 집입니까요? 물 뿌린 집이?"

두꺼운 안경을 고쳐 쓰며 아줌마한테 굽실댔어.

"맞아요. 얘가 잘못했다하면서도 문을 안 열어요."

검은 매니큐어가 발린 뾰족한 손톱이 나를 가리켰어.

"아무튼 그냥 넘어갈 순 없어요. 이 옷 좀 봐요."

아줌마는 입고 있던 초록색 원피스를 손으로 털다가

"위에서 물을 뿌려? 저런 애는 혼 좀 나야 해요."

나를 찢어지게 노려봤어.

"너희 엄마 전화번호라도 대!"

좀 전과는 다르게 낮게 을렀어.

"휴대전화… 없어요."

"얼씨구! 이렇게 어물어물 빠져 나가겠다?"

아줌마가 휴대전화를 꺼내 들었어.

"결국 문을 안 연다 이거지? 너, 지금 실수하는 거다."

아줌마는 번호를 꾹꾹 눌러 귀에 댔어.

"경찰서 아니 112죠? 여기 서촌동 A연립인데요. 싸움 났어요! 301호인데 빨리 와줘요."

느닷없었어. 경찰이라니. 숨이 턱 막혔어. 어떡하지? 온몸이 싸늘하게 식는 듯했어.

"이집 부모는 뭐하는 사람이래요?"

"아, 그게… 저도 모르죠."

아저씨가 허리를 굽적거리며 머리를 긁었어. 불똥이 튈까 봐 몹시 곤란한 눈치였어. 아니나 다를까 안절부절못하더니 슬그머니 계단을 내려갔어.

아줌마는 내게 눈길을 돌렸어.

"내가 만만해 보여? 너, 각오해."

이글거리는 눈빛으로 쏘아붙였어. 나는 고개를 떨궜어.

그렇지 않아도 걱정이 많은 엄마거든.

아버지가 간경화로 입원한 후로 엄마는 늘 병원을 오갔어.

병원비 때문에 풀빵 기계도 팔고, 오래된 봉고차도 팔았어.

새벽에 일어나 우리 아침밥을 차려놓고 식당 일을 나갔어.

늦은 밤, 가끔 숨죽여 우는 엄마 모습도 보았고.

더구나 곧 이사도 가야 한댔어. 재개발로 헐린다나.

더 살지도 못한댔어. 그래서 요즘 방 구하러 다니랴, 식당 일 다니랴 얼마나 고단하신지 몰라.

거기에다 우리까지 말썽을 일으켰으니.

아, 정말 안 돼. 입이 바싹바싹 말랐어.

"왜 이렇게 안 오는 거야, 진짜."

아줌마 짜증이 정적을 깼어. 경찰관을 기다리는 것이겠지.

어쩌나… 다리에 힘이 풀렸어.

'차라리 내가 그랬다 하자. 그러면 동생이 혼날 일도 없을 거 아냐.'

두 눈을 질끈 감았다 떴어. 걸쇠를 풀고, 문을 연 뒤 아줌마 앞으로 주춤주춤 다가섰어.

"죄송해요. 한 번만 용서해 주세요."

"어림없어, 이 자식아."

쌍심지 킨 눈길을 시계로 보내더니 말을 이었어.

"곧 경찰이 올 테니까 경찰서 가서 말하자. 경찰서에 가면 너희 부모에게도 연락이 되겠지."

"아줌마……."

나는 간신히 아줌마를 불렀어. 애원이었어. 나도 모르게 털썩 무릎을 꿇었어.

"다신 안 그럴게요. 엄마한테는 말하지 말아주세요, 제발."

아줌마를 올려다보며 두 손바닥을 맞대 싹싹 빌었어.

"요것 봐라. 이러면 봐 줄 줄 알고? 소용없다니깐."

쥐어박듯 말소리를 높였어.

마침 계단 아래에서 무전기 소리, 낯선 웅성거림이 들려왔어. 드디어 올 것이 온 거야. 눈꺼풀이 파르르 떨리고 눈앞이 캄캄해졌어.

경찰관 두 분과 경비아저씨가 올라오는 것이 보였어.

'이젠 다 틀렸어.' 힘이 풀렸어.

"그 애가 얘거든요."

경비아저씨가 손가락으로 나를 가리켰어. 있었던 일을 전하며 올라온 듯 했어. 눈썹이 짙고, 호리호리한 경찰관이 얼른 나를 일으켰어. 옆에 선 젊은 경찰관이 경사님이라고 불렀어.

"네가 아래층으로 물을 뿌렸니?"

경사님이 차분한 눈빛으로 내게 묻는데

"아니, 얘가 그랬다니까요? 이 옷 좀 봐요. 다 젖었다고요."

아줌마가 끼어들었어.

"물을 것도 없어요. 당장 경찰서로 데리고 가요!"

바락바락 소리를 지르며 순식간에 내 왼팔을 잡아챘어.

"왜 대답을 못해? 네가 그랬잖아!"

더는 못 참겠다는 듯 악을 썼어. 그 힘 때문에 내가 마구 흔들렸어. 뾰족한 손톱이 팔을 파고들었어. 먹이를 낚아 챈 맹수의 이빨처럼 무서운 힘이었어.

"아얏! 아아악! 아앗!"

나도 모르게 비명이 터져 나왔어.

"김 순경, 말려!"

경사님이 다급하게 소리쳤어.

"아이한테 무슨 짓입니까! 이 손 놓으세요!"

놀란 김 순경이 아줌마를 떼놓으려 해도 막무가내였어.

경사님이 아줌마 손가락을 간신히 풀어냈어. 갑자기 벌어진 일에 거친 숨소리들이 뒤엉켰지. 경사님이 침묵을 깨트리고 아줌마를 불렀어.

"신고자 분. 제 생각에는 아이가 물을 뿌리려고 그런 게 아니라 실수였던 것 같습니다. 아이도 어리고 고의성도 없다고 보여요. 조치라고 해봐야 세탁비용 정도 받으면 되는 건데 지금 과잉행동을 하고 계신 겁니다. 아이를 잡고 흔들면 안 되는 거죠."

무척이나 단호한 어투였어. 경사님 말이 위로가 되었나 봐. 뒤이어 내 흐느낌이 들썩였어.

"팔 괜찮니? 어디 보자!"

경사님이 몸을 돌려 내 팔을 살폈어.

서러운데도 따뜻함이 밀려왔어. 그때였어.

"으앙! 으아앙! 형아!"

재우가 눈물 콧물 범벅인 얼굴로 뛰쳐나왔어.

바지에 오줌을 쌌는지 가랑이 사이가 젖어 있었어.

"우리 형, 아프게 하지 마요!"

여전히 날이 선 아줌마 다리에 재우가 매달렸어.

"잘못… 했어요! 제가… 그랬어요. 나무들… 물 주려고… 그랬어요. 나무들도… 목마를까 봐요."

재우가 훌쩍거리느라 떠듬떠듬 말을 이었어.

"너냐? 이제야 이실직고해?"

큰일이야. 재우에게 불똥이 튀었어. 아줌마가 재우를 힘껏 털어냈어. 마치 벌레 털어내듯. 아줌마 다리를 잡고 있던 재우가 나동그라진 거야.

"으악! 재우야!"

내가 몸을 날려 재우를 끌어안았어. 부둥켜안은 우리가 한 덩이가 되었고.

"괜찮아? 안 다쳤어?"

어깨를 들썩이며 함께 울었어. 서로 끌어안고, 서럽게 흐느꼈어. 그러는 동안에도 아줌마는 여전히 태풍이었어.

"이 집 부모 데리고 와!"

햇불처럼 이글이글 타올랐어.

급기야 말리는 김 순경님에게 발길질까지 해댔어. 들고 있던 가방으로 경사님까지 내리치며 과격했어.

그럼에도 경사님은 끝까지 정중했어.

"신고자 분, 이런 식으로 하면 더 죄가 됩니다. 아이를 밀치고 경찰에게까지 폭력을 휘둘렀으니, 오히려 현행범이 되는 거잖아요."

그 말에 아줌마가 당황했나 봐. 멈칫했어.

"이러지 말고 내려가시죠. 여기 있으면 안 됩니다. 일단 서로 가서 말씀하시죠."

경사님 권유가 통했을까? 쏘아보던 눈길이 흔들렸어.

"너희들, 실수하는 거야! 내가 누군지 알아?"

마지못해 내려가며 고래고래 악을 쓰긴 했지만.

아줌마를 순찰차에 태우는 소리가 들렸어.

무전기 소리도 바쁘게 오갔고.

언제 그랬냐는 듯 복도가 조용해졌어. 우리들 울음도 잦아들었어.

"너희들 이름이 궁금하구나? 용감한 동생이 말해 줄래?"

그때까지 우리 곁을 지키던 경사님이 부드럽게 물었어.

"형은 선우, 저는 재우! 도재우예요. '또 재유?' 하면 안 잊어버려요."

"그래. 기억하기 좋은 이름이구나."

경사님이 재우 머리를 쓰다듬었어.

"그런데 재우야."

경사님이 다정히 재우를 불렀어.

"물을 맞은 아주머니가 많이 놀라셨을 거야. 재우라도 놀랄걸? 우리는 위를 보며 걷지 않으니 피할 수 없지. 물이든 물건이든 위에서 떨어진다고 상상해 봐. 무엇이든 끔찍한 흉기가 되는 거야."

재우는 몇 번이고 고개를 끄덕였어.

"약속할 수 있겠니? 앞으로는 베란다 밖으로 물 뿌리지 않기로."

"네! 약속해요. 꼭 약속할게요."

경사님과 눈을 맞추며 씩씩하게 말했어.

"음… 그리고 겁먹을 거 없어. 엄마가 오시면 잘 해결되었다고 말씀 드리렴. 그럼 아저씨는 재우를 믿고 간다. 아 참!"

경사님이 뒤돌아서다 말고,

"칭찬을 잊을 뻔했거든."

우리를 번갈아 보며 벙긋이 웃었어.

"어린 동생을 위하는 선우의 마음에 감동했다. 두려움을 딛고 정직하게 말해 준 재우에게도 감동했고…. 앞으로도 그 굳센 용기와 바른 마음, 잃지 말거라."

말을 마친 경사님이 찡긋 윙크한 뒤 빠르게 계단을 내려갔어.

생각지도 못한 일이었어. 칭찬이라니.

우리 둘은 어리둥절해하다가 퍼뜩 합창을 하듯 외쳤어.

"안녕히 가세요, 고맙습니다!"

우리의 인사가 메아리가 되어 계속 울렸어.

"형, 나 척척해."

동생이 나를 올려다보며 얼굴을 찌푸렸어.

"아, 맞다! 너 오줌 쌌지? 바지 갈아입자."

동생을 데리고 집으로 막 들어서는데 밖이 어둑어둑했어.

"비가 오려나 봐!"

동생이 말하는 순간 장대비가 세차게 창을 두드렸어.

"비야, 비! 비와, 형! 나무가 이제 목마르지 않겠어!"

"와! 정말? 얼마 만에 오는 비야."

재우는 베란다로 나가 밖으로 손을 내밀었어.

"형! 이 비는 나무에게 주는 선물이야!"

재우가 사랑스런 눈빛을 빛냈어.

나도 손을 내밀었어.

"어서 와, 비야."

강하고 촉촉한 장대비 손을 가만히 쥐며 속삭였어.

이제 겨우 여덟 살입니다

아니야, 엄마. 내 잘못이 아니야! 웅이 때문이야! 하굣길에 교문을 막 나서려던 참이었어. 나와 민이, 웅이랑 같이.

그때 저만치 가방 메고 볼을 차며 가고 있는 정원이가 보였어. 일학년 때 같은 반이었던 김정원 말이야. 정원이는 우릴 못 보고 볼만 차며 갔지.

웅이가 그런 정원이를 큰 소리로 불러 세웠어.

"야! 김정원. 너 커플이라며! 여자 친구 있다며."

그 소리가 얼마나 컸는지 몰라. 하굣길 아이들이 모두 정원이를 쳐다봤어. 그것뿐이야. 나도 그 아이들처럼 쳐다본 것뿐이라고.

그랬는데 옆에 있던 민이가 정원이 쪽으로 달려가는 거야. 정원이 공을 뺏어서 내게 패스를 했고.

나는 엉겁결에 공을 잡았지만 당황했어. 엄마도 알잖아. 나 당황하면 얼음 되는 거. 가만히 서 있었어. 공을 왼쪽 발로 잡은 채 말이야. 그런데 정원이가 달려왔어. 마치 들소처럼 달려오더니 휙 날아서 공을 뺏었다고.

그 바람에 내가 뒤로 벌러덩 넘어진 거야.

패스하라고 하면 되잖아. 그런데 왜 그랬을까?

그리고도 화가 안 풀렸나봐. 정원이가 민이 쪽으로 힘껏 실내화 가방을 던졌어. 정원이 화난 모습이 으르렁대는 호랑이 같았어. 나는 무서워서 재빨리 일어나 교문 쪽으로 달렸어. 교문을 나와서는 뒤돌아보며 외쳤지.

"정원아, 미안해!"

이렇게 미안하다고 한 게 전부야. 왜 내 말은 안 믿어 주냐고! 뭐? 내 말이 거짓말 같다고?

이제까지 거짓말을 많이 한 건 인정해. 하지만 이번은 아니야. 정말이야! 믿어줘 엄마. 뭐? 웅이 엄마 얘기는 다르다고? 내가 먼저 정원이를 놀렸대? 이야, 웅이 자식! 거짓말 잘 한다.

엄마! 엄마 아들을 좀 믿어줘. 웅이가 나보다 더 거짓말을 잘 하는 거야.

오늘 있었던 일을 이렇게 말할 작정이야. 서울 할머니 댁에 갔던 엄마가 부랴부랴 돌아오는 중이라고 했어. 웅이 엄마 전화를 받자마자.

"너, 꼼짝 말고 집에 있어. 나중에 혼날 줄 알아!"

전화기를 통해 들리는 엄마 목소리는 무시무시했어. 금방이라도 내 뒷덜미를 낚아 챌 기세였다니까. 나는 세상에서 엄마가 제일 무서워.

"웅이 그 자식, 진짜 거짓말쟁이!"

주먹을 불끈 쥐었어. 분이 풀리지 않아서.

"나쁜 자식!"

잇달아 중얼거렸어. 발에 걸리는 쿠션을 발로 퍽 찼어. 부글부글 화가 치밀었어. 졸지에 거짓말쟁이로 몰린 거잖아. 내가 거짓말을 잘 하는 건 맞지만 누명이라고. 진심으로 억울해.

엄마는 내 말을 믿지 않을 거야. 반성문을 쓰게 할 거고, 사소한 잘못까지 기억해내야 할 거야. 축구화 사주겠다던 약속도 취소할 게 분명해. 엄마의 따발총 잔소리를 화가 풀릴 때까지 들어야 할 거고.

"난 널 언제나 사랑한단다."

이런 부드러운 말을 듣고 싶었어. 지금 내게는 간절히 위로가 필요하거든. 그런데 눈에서 불꽃이 튈 엄마만 떠올랐어. 아찔했어. 거실 구석에 놓인 엄마 피아노 앞으로 가서 뚜껑을 열었어. 반질반질 빛나는 건반 중에 흰색 건반 하나를 눌렀어.

"똥!"

한숨이 나왔어. 피아노 소리까지 엄마 목소리를 닮은 것 같잖아.

엄마는 지금 어디쯤 왔을까? 식탁 위 라디오 디지털시계가 오후 3시 50분을 알리고 있었어. 버튼을 눌러 라디오를 켰지.

"빠빠밤! 빰빰빠! 자동차 사고 걱정 없는 보인다, 다 보여! 블랙박스!"

광고가 흘러 나왔어. 순간 엄마가 조금 늦게, 아니다. 이왕이면 아주 늦게 왔으면 좋겠다는 생각을 했어. 뒤이어 시나리오도 막 떠올랐어. 한마디로 그랬으면 하는 내 멋대로 상상이지.

말하자면 엄마가 운전하고 오는 길에 빨간 신호가 자주 켜지는 거야.

"오늘따라 신호가 왜 이래?"

길게 한숨을 내쉬겠지. 어깨를 한 번 으쓱한 뒤 라디오를 켜. 공교롭게도 좋아하는 노래가 흘러나오는 거지. 덕분에 나를 잠깐 잊는 거야.

참고로 엄마가 좋아하는 노래는 가수 김현식의 '사랑, 사랑, 사랑.'이야.

들썩들썩 신나게 따라 부르다가

"어머 어떡해!"

살짝 접촉사고가 나는 거지. 아주 살짝! 내가 일곱 살 때처럼 앞 차를 콩 들이받는 거야.

"아, 죄송합니다. 제가 잠시 딴 생각을 하느라……."

엄마가 어쩔 줄 몰라 하겠지. 엄마는 아빠한테 전화를 걸고. 사고처리 하느라 늦어질 게 틀림없어.

내가 일곱 살 때도 자정이 다 되어 집에 왔으니까. 소식을 들은 아빠도 엄마한테 가느라 허둥댈 거야. 대신 엄마한테 연락 받은 할머니가 부랴부랴 우리 집으로 향할지 몰라. 어린이 집에 다니는 여섯 살, 세 살짜리 여동생 둘을 데려와야 하거든.

"별일 없을 거야. 걱정 말거라."

대범한 할머니는 이렇게 위로하겠지? 여동생들은 칭얼칭얼 엄마를 찾아야해. 그래야 엄마가 집에 오자마자 동생들한테 달려 갈 테니까. 나는 그럼 곯아떨어진 척 해야지. 엄마가 날 흔들어 깨우거나 소리를 질러도 소용없도록.

"흐엉, 웅이 나빠…."

나는 잠꼬대를 하며 뒤척이는 거야. 그럼 엄마는 반쯤 누그러질지 몰라. 그 여세를 몰아 진실을 말하는 거지.

"엄마… 엄마… 내가… 안… 그랬어."

그럼 엄마는 내 머리카락을 쓰다듬어 줄지 몰라. 얕게 한숨을 내쉬며 바라볼 테지.

"연이 아빠, 참말로 준이가 안 그랬나 봐."

옆에 다가 온 아빠에게는 이렇게도 말하면서. 그럼 아빠는 고개를 깊게 끄덕일 거야.

하아, 이렇게만 된다면 얼마나 좋을까?

내 시나리오 어때? 난 마음에 들어. 뿌듯한 나머지 내가 천재쯤 된 듯해.

그런데 생각보다 엄마가 빨리 도착하면 어쩌지? 그럼 말짱 도루묵이잖아! 입이 쭉 나왔어. 콧구멍이 벌렁대면서 스멀스멀 불안해지기 시작했어. 때마침 라디오에서 교통 상황이 흘러 나왔어.

"양재 나들목에서 과천으로 향하던 승용차끼리 추돌사고가 있었습니다. 그 여파로 과천방향이 지체되고 있으니 주의 운행하시기 바랍니다."

머리끝이 쭈뼛 섰어. 엄마가 다니는 길이거든. 내가 그런 상상을 하긴 했지만 설마 엄마겠어? 세차게 고개를 저었어. 나는 엄마한테 곧장 전화를 걸었어. 두어 번 벨이 울렸나 봐.

"고객님의 전원이 꺼져 있어 전화를 받을 수 없습니다."

기계음이 흘러나왔어. 조금 전까지 통화를 했는데 말이야. 배터리 문제는 아니야. 차에서 배터리 충전이 되거든. 다시 전화를 걸었어.

"고객님의 전원이 꺼져 있어……."

여전히 기계음이잖아. 불안해졌어. 조금 전까지 접촉사고라도 나길 바라던 마음은 지옥에나 떨어지길 바랐어. 마치 높은 나무에 매달린 것처럼 다리가 후들거렸어.

"엄마, 엄마, 엄마…."

내 목소리가 떨렸어. 나 때문인 거야. 만약 실제로 사고가 났다면… 부르르 몸을 떨었어. 갑자기 오줌이 마려웠어. 나는 무서우면 오줌이 마렵거든.

나는 부리나케 화장실로 달려갔어. 오줌을 누면서 속으로 엄마를 불렀어.

'엄마, 엄마, 엄마.'

기도하는 마음으로 한 번, 두 번, 세 번.

물 내리는 버튼도 잊은 채 뛰쳐나왔어. 아빠에게 전화를 걸어 볼 참

이었어.

그런데 아빠도 전화를 받지 않았어.

아빠는 중학교 선생님이야. 지금은 쉬는 시간이라 전화를 받을 수 있거든. 더구나 내 전화는 꼭 받아. 그런데 안 받지 뭐야. 두 번, 세 번 걸었지만 안 받았어. 마른침을 꿀꺽 삼켰어. 사고가 난 것이 확실해. 아빠가 엄마한테 달려가느라 못 받는 거야.

아, 어떡해. 모든 게 나 때문이야. 내가 그런 상상을 해서 사고가 난 거야. 가족끼리는 텔레파시라는 것이 존재한댔어. 엄마가 아빠한테 전화를 하려는 찰나 벨이 울리는 걸 여러 번 봤거든.

"그렇지 않아도 지금 나도 당신 번호 눌렀어. 우리 통했다!"

원래 큰 엄마 눈이 더 커지며 놀라워했어.

나는 털썩 거실 바닥에 주저앉았어. 나는 대체 왜 이러는 거야. 눈물이 피잉 돌았어.

툭하면 엄마한테 거짓말을 한 거 맞아.

고백할게. 얼마 전에 우리 반 영주를 내가 먼저 놀린 것도 맞아.

"조폭마누라, 고릴라!"

이렇게 실실 놀렸어. 화가 난 영주가 소리 지르며 대걸레 들고 뛰어

오다 다친 거야. 선생님한테는 영주가 먼저 내게 '성장부진'이라고 놀린 것처럼 말했지만.

또 있어. 받아쓰기한 날, 공책 잃어 버렸다고 한 것도 거짓말이야.

"확실해?"

엄마가 몇 번이나 힘주어 물었지. 나는 믿어달라고 펄쩍 뛰었고.

사실 거짓말을 하고 싶어서 한 건 아니야. 엄마가 너무 무서워서 그랬어. 나는 세상에서 화내는 엄마가 제일 무서우니까.

'아무리 그래도 그렇지. 어떻게 자기 엄마 교통사고 나길 바라냐?'

나는 나를 원망했어. 이 일을 어떡하지? 엄마가 많이 다쳤으면 어쩌지? 악마가 나를 노렸던 걸까? 나를 노리고 있다가 '이때다!' 하고 이런 시나리오를 만들게 한 걸까?

안 돼, 안 돼! 내 상상은 취소야, 취소! 부디 우리 엄마를 돌려줘! 엄마가 내 말을 안 믿으면 혼나면 되는 거야. 내가 평소에 엄마 속을 썩였으니까 그래도 돼. 이제야 하는 말이지만 엄마가 반성문을 쓰라고 하거나, 따갑게 흘겨봐도 견딜 만 했어.

"엄마, 엄마! 엄마아!"

결국 두 눈이 뜨거워지더니 울음이 터졌어.

"앞으로는 이 세상에서 제일 미운 엄마라고 안 할게. 제일 좋은 엄마라고 할게. 약속해! 그러니 엄마 제발 집에 와줘."

악을 쓰며 울음소리가 커지고 있을 때였어.

"띠띠띠또!"

현관 비밀번호 누르는 소리가 들렸어. 나는 눈물을 그렁그렁 매단 채 현관을 바라보았어. '누굴까? 아빠일까?' 주춤주춤 일어서는데 문이 활짝 열렸어.

아! 엄마다. 엄마야.

엄마가 거짓말처럼 현관에 들어선 거야. 언제나처럼 어깨에 긴 끈 가방을 메고 양 팔에 동생 둘을 간신히 안은 채 말이야. 아, 엄마, 우리 엄마가 맞아. 나는 뛰어가 엄마한테 매달렸어.

"엄마! 엄마지? 우리 엄마지!"

"그럼 내가 네 엄마지, 아니냐?"

엄마가 톡 쏘며 발에서 신발을 털었어. 나는 아랑곳 않고 엄마 옷에 더 깊게 얼굴을 묻었어.

"엄마, 고마워. 엄마, 나는 세상에서 엄마가 제일 좋아."

"얘가 왜 안 하던 짓을 하고 이래. 비켜! 큰 오빠가 뭐하는 짓이야!"

엄마가 짜증스럽게 나를 밀어냈어.

그래도 괜찮아. 나는 얼른 막둥이를 안아 거실로 데리고 왔어. 엄마는 둘째를 내려놓고, 옷을 갈아입으러 안방으로 들어갔어. 엊그제 쓴 반성문 공책도 안방에 있어. 분명히 반성문 공책도 들고 나올 테지.

그래도 이젠 무섭지 않아. 나는 무슨 의식을 치르듯 손가락을 풀었어. 반성문을 쓸 준비운동인 셈이지.

그때 안방에서 엄마 목소리가 들려왔어.

"야! 황준! 아까 담임 선생님이랑 통화했는데 웅이가 거짓말 한 거래. 삼층 교실 창에서 선생님이 너희들 다 보셨대. 웅이, 딱 걸린 거지. 너 근데 숙제는 다 했어?"

안방 문을 벌컥 열고 나오던 엄마와 내 눈이 딱 마주쳤어.

"너, 뭐하는 거야? 손가락 풀기? 반성문 쓰려고? 뭘 또 잘못했는데?"

엄마 눈썹이 송충이처럼 꿈틀거렸어.

"내 이놈에 자식을 그냥!"

엄마가 확 돌변하지 뭐야. 그래도 무섭지 않아. 나는 달려가 엄마 허리를 꽉 끌어안았어. 언제까지나. 언제까지나.

형 하나, 누나 둘

엄마 미용실에 처음 온 아줌마는 내게 꼭 물어.

"너 혼자니?"

그러니까 형제가 있는지 묻는 거야.

"아뇨. 누나 둘에 형 하나 있어요."

내 대답을 기다렸다는 듯 후딱 말을 이어.

"그렇지? 엄마 나이도 만만치 않아 보이는데, 그럼 넌 막내니?"

"그렇죠. 막내도 한참 막내죠."

"얼마나?"

호기심 가득한 눈을 반짝여. 어휴, 대답을 안 할 수가 없잖아.

"우리 형은 올해 서른 살이에요. 스무 일곱 살 큰누나는 간호사고, 스무네 살 작은누나는 취업 준비 중이에요. 전 이제 열세 살이에요."

나는 외운 것처럼 줄줄 늘어놔. 그래도 그걸로 끝나지 않아.

"어머머, 꽤 늦둥이구나. 형은 뭐해?"

이제 아예 내 곁으로 바짝 다가앉아. 그럼 난 무심하게 말해.

"형은 하늘나라 갔어요. 횡단보도 건너다 교통사고로요."

이 말이 끝나면 분위기는 완전히 달라져. 다른 손님 파마를 말고 있던 엄마 얼굴이 딱딱하게 굳거든. 미용실 분위기도 일순간에 고요해지지. 잠시 후에 누군가의 헛기침으로 풀어지고.

나는 형 방을 써. 한쪽 벽에 크게 확대한 교복 입은 형 증명사진이 붙어 있어. 돌 사진, 유치원 졸업 사진도 나란히.

가족끼리 놀러 가서 찍은 사진들도 맞은 편 벽에 빼곡해. 형이 쓰던 침대마저 그대로야. 엄마는 늘 빛나게 청소를 해.

사진을 보면 형 어릴 때 모습과 내 모습이 많이 닮았어. 형 초등학교 때 찍은 사진을 가만히 보고 있으면, 꼭 나를 보는 것 같다니깐. 촬영해 둔 비디오를 틀어 보면 왼쪽 입 꼬리가 살짝 올라가며 웃는 것도 비슷해. 말하면서 코를 찡긋거리는 것까지. 그래서일까? 늘 함께 살고 있는

것 같아.

"그래도 그렇지 과거형이잖아. 형이 있었다고 하는 거야, 얘."

가끔 점잖게 일러주는 아줌마도 있어. 그 말이 어쩐지 마음에 걸려서 나도 모르게 볼멘소리로 대꾸할 때가 있어.

"꼭 그래야 해요?"

따지듯이. 물론 강한 어투는 아니야.

그래도 아줌마는 눈을 똥그랗게 떠.

"어머, 너 사춘기니?"

새삼스럽다는 듯 나를 훑어봐. 그걸로 끝이야. 내가 얼른 그 자리를 벗어나거든. 어색한 분위기가 싫어서 만화책을 보거나 미용실 밖으로 나가버려.

아무튼 누가 뭐래도 내겐 형이 있어. 누나들도 있지만 나는 형이 있다는 것이 참 좋아.

엄마도 이젠 이런 상황에 비교적 덤덤한 눈치야. 형 이야기를 일부러 꺼내진 않지만 이야기가 나와도 눈물이 고이진 않아. 그렇지만 사람들 호기심에서 자유롭진 못해. 마트에 가거나 옷을 사러 가도 누군가 한 사람은 꼭 묻거든.

"아들 하나예요?"

이렇게.

"딸도 둘 있어요."

엄마는 곧장 대꾸하지만 성에 안 차나봐.

"그렇죠? 아무래도 너무 늦둥이다 싶었어요, 호호. 그럼 아들 하나에 딸 둘?"

여기서부턴 엄마도 살짝 고민을 해. 귀찮을 땐 고개를 살짝 끄덕이고 형한테 미안한 마음이 든다 싶으면

"아니요. 아들 둘에 딸 둘이에요."

자분자분 이야기를 해주지. 그러면 이걸로 끝내면 되는데 사람들은 또 물어.

"큰 아들이 몇 살이에요? 무슨 일 해요?"

이제 엄마는 제게 눈짓을 찔끔 할 차례야. '적당히 얼버무릴 테니 그런 줄 알아라.' 그런 뜻이거든. 그래놓고 엄만

"다 커서 곧 장가들어요."

주워 삼키듯 말하고는 문 쪽으로 내 등을 밀어.

"다음에 올게요."

서둘러 인사를 끝낸 뒤 자리를 피해.

어쨌건 엄마한테 형은 최고야. '우리 큰아들, 우리 큰아들' 노래를

해. 그런데 말이야. 내게는 '우리 막내아들'이거나 우리 아들이라고 말한 적 없어. 참말이야. 늘 내겐 못마땅한 눈초리야.

오늘 일만 해도 그래. 난 잘못한 게 없다고.

"그럼 네가 안 건드렸는데 진성이가 널 때려? 진성이가?"

엄마가 날 본숭만숭하며 쌀쌀맞게 대했어. 진성이는 우리 반 반장이야. 공부 잘하는 모범생이지. 어른들은 다들 그렇게 알고 있어. 선생님들조차도.

그런데 진성이의 다른 면을 몰라서 그래. 어른들 없는 데선 무척 못되게 굴거든.

우산 끝으로 죽은 개구리 내장을 마구 휘젓는다던지, 기어가는 지렁이를 신발로 싹싹 비벼 죽이곤 해. 오싹하지? 길고양이를 먹이로 유인해서는 머리를 쓰다듬는 척 하다가 눈을 손가락으로 찌르는 건 어떻고. 으! 얼마나 잔인하다고. 그걸 실실 웃어가며 하는데 여자애들이 있으면 더 심해져.

오늘도 하굣길 교문 밖이 시끌시끌한 거야. 특히 여자애들이 비명을 지르며 울음을 터트렸어.

다가가 보니 그 자식, 진성이가 있는 거야. 죽은 까치를 꼬챙이에 꽂아 한 여자 애한테 쑥 내밀고 있잖겠어? 얼굴을 보니 우리 반 박지영이더라고. 지영이가 그렇게 놀라는 모습 처음 봐. 기절할 듯 울어젖히며 이미 사색이 되었더라고. 진성이 그 자식! 샐샐거리며 박지영에게 죽은 까치를 들이밀었다니깐. 그런 진성이를 암! 더 어떻게 참아내. 눈에 불이 튀었지.

"하지 마, 이 자식아."

내 목소리가 그렇게 큰 줄 몰랐어. 학교 앞이 쩌렁쩌렁 울렸거든. 호떡을 팔던 할아버지가 깜짝 놀라서 쳐다 볼 정도였어. 그런데도 진성이는 까딱도 하지 않았어. 심지어 그 까치를 내 얼굴 가까이 들이댔어.

"야!"

내가 그 꼬챙이를 옆으로 치며 째려봤어. 그 정도면 그만 둘 줄 알았지. 이내 나의 착각임을 알았지만.

"야! 네가 모범생이면 다야? 뭐, 어쩔 건데."

진성이가 바짝 다가서며 이죽거렸거든. 들고 있던 꼬챙이로 내 배를 쿡 찔렀고. 내 주위엔 하교하던 애들이 주욱 에워싸고 있었지.

'형이라면 어떻게 했을까?' 문득 그런 생각이 들었어. 차분하고, 현명했다던 형이라면 말이야. 이럴 때 절대 물러서지 않을 거라는 생각이 들었어.

그래서 나도 피하지 않았어. 겁먹지도 않았고.

"당장 이것 치워."

우렁우렁 고함쳤지. 동시에 진성이가 꼬챙이를 집어 던지더니 내 배를 주먹으로 친 거야. 맙소사. 처음 겪는 아픔이었어. 숨이 콱 막혀서 숨을 쉴 수가 없더라고. 눈앞이 하얘지고, 아무 소리도 들리지 않았어.

내가 털썩 땅바닥에 주저앉았어. 그런 내 모습을 보며 아이들이 웃지만 않았어도 툴툴 털며 일어났을 거야. 그런데 아이들이 킬킬대며 재밌어하는 거야. 웃는 소리에 눈물이 나더라고.

과연 형이라면 어땠을까? 일어나 멱살이라도 잡았을까? 마침 교감 선생님이 지나가면서 그 장면을 봤어. 결국 엄마까지 알게 된 거고.

"끝까지 참았어야지. 네 형이면 그렇게 안 했을 거야."

엄마는 차가웠어. 그래도 비교만 안 했어도 울지 않았을 거야.

"다음부터는 나서지 마라. 너 다치면 엄마가 얼마나 속상하겠니?"

그냥 이랬으면 그렇게 서럽지 않았을 거야. 나도 모르게 눈물이 후드득후드득 떨어졌어. 엄마는 끝까지 침착했어.

"너 왜 우니? 사내자식이 툭하면 울기는… 네 형은 중학교 때 무릎 뼈가 허옇게 드러나게 다쳐도 씩씩했어. 닮으라는 건 안 닮고…."

엄마가 찬바람을 일으키며 몸을 돌렸지. 그때였어.

"엄마, 그만 좀 해!"

벼락같이 외치는 소리가 들렸어. 큰누나였어. 퇴근해서 현관에 들어서던 큰누나가 이야기를 다 들었나 봐.

"엄마, 제발 그만 좀 해. 말끝마다 죽은 오빠 얘기야. 선태는 선태야. 진성인가 뭔가 하는 애가 선태를 먼저 건드린 거잖아. 선태 잘못한 거 없잖아. 그런데 왜 선태 편이 못 돼줘?"

멍하게 듣던 엄마가 움찔했어. 당황했는지 얼굴을 찡그렸고. 그도 그럴 것이 큰누나가 말대꾸한 적이 단 한 번도 없거든. 나도 어리둥절했어. 안절부절 못하며 누나와 엄마를 번갈아 봤어. 엄마는 큰누나를 따갑게 쏘아본 뒤 한 마디 내뱉었어.

"그만 해."

애써 담담하게. 그런데도 큰누나는 물러설 기미가 보이지 않았어.

"엄마, 오늘은 얘기 좀 해. 오빠 물건도 이젠 없애!"

작심한 듯 말소리를 높였어.

엄마는 그런 큰누나를 원망하듯 노려봤어.

"이제야 하는 말이지만 선태한테 왜 그래? 죽은 사람은 죽은 사람이고, 산 사람은 살아야 하잖아. 죽은 사람을 언제까지 끌어안은 채 살 건데!"

큰누나가 발을 구르며 대들었어. 무서웠어. 큰누나 저런 모습 진짜 처음 봐. 어이없는 표정을 짓던 엄마 눈빛이 사납게 빛났어.

"죽긴 누가 죽어. 우리 경태가 왜 죽어! 나는 우리 경태랑 함께 산다. 내 눈에 흙이 들어 갈 때까지 그렇게 살 거라고!"

피를 토하듯 소리치는 엄마 입술이 경련을 일으켰어. 흰 머리카락 몇 올이 주름진 이마로 흘러내렸어. 저러다 예전처럼 까무러치면 안 되는데. 아, 그만했으면 좋겠어. 나는 애원하는 표정으로 큰누나를 쳐다봤어.

"선태가 어떻게 사는 줄 알아? 엄마가 죽은 오빠만 끌어안고 사는 동안 선태는 제 죽은 형 비디오를 보고 형 흉내를 낸다고. 왜 그런지 알아?"

나를 바라보는 큰누나 눈에 눈물이 고여.

'아, 난 괜찮아. 큰누나, 제발!' 속으로 빌었어.

큰누나가 슬퍼하는 모습 처음 봐. 내게 야구도 가르쳐 주고, 탁구도 가르쳐 준 씩씩한 큰누나가 애써 울음을 삼켰어.

"엄마한테 사랑 받고 싶어서… 그런 거잖아! 사랑은 주는 만큼 받고 싶은 거고, 받아야만 더 사랑할 수 있는 거야. 사랑도 받아봐야 줄 힘이 생기는 거라고!"

갑자기 목이 멨나봐. 큰누나가 잠시 숨을 돌리더니 말을 이었어.

"선태도 엄마 아들이야. 그런데 왜 선태한테 만날 죽은 형처럼 되라고 해. 왜 죽은 형 흉내를 내라고 해! 선태는 선태잖아!"

"내가 언제 흉내 내라고 했어? 그런 적 없어! 제 아무리 흉내 내도 우리 경태는 아니야!"

어쩌면 좋아. 주름진 엄마 목에 시퍼렇게 핏줄이 곤두섰어.

"아아악, 으아악!"

엄마가 갑자기 울부짖으며 그 자리에 무너져 내렸어.

"나와 진이, 엄마 딸 둘도 마찬가지야. 만날 죽은 오빠 그림자에 가려서 살잖아. 이제 그만 했으면 좋겠어. 우리도 엄마 자식이잖아."

큰누나가 흥분을 억누르며 애처롭게 사정했어. 하지만 엄만 두 눈을 부릅떴어.

"누가 자식 아니라고 했어? 보자보자 하니까 지금 뭐하는 짓이야?"

짐승처럼 으르렁거렸어. 큰누나도 누그러들지 않았어.

"말끝마다 우리 경태 같으면… 우리 큰아들 같으면…. 제발 부탁이야. 아버지 돌아오실 수 있게 이제 그만 해!"

말을 마친 큰누나 입술이 파르르 떨렸어.

지금은 휑하게 비어버린 늦가을, 아버지 생각이 났어. 아버지…….

아버지는 집에 안 계셔. 가끔 전화 통화로만 만난 게 벌써 십 년이야. 내가 어릴 때 여행을 떠났다고 했거든. 형을 죽인 범인을 찾은 뒤에 말이지.

형의 사고는 내가 좀 큰 뒤에 큰누나에게 들었어. 고등학생이던 형이 학원을 마치고 집으로 돌아오던 길이었대. 보행신호가 켜진 횡단보도를 중간 쯤 건넜을 때 신호를 어기고 달리던 뺑소니 음주운전 차량에 치였대.

"사고 당시가 찍힌 CCTV에 오빠가 하늘로 날아오르는 모습을 아버지가 봤대. 사고 충격이 얼마나 컸으면 횡단보도에서부터 무려 4미터나 되는 곳에 떨어졌다고 해. 아버지는 곧장 다니던 구청에 사직서를 냈어. 뺑소니 차를 찾는다며 눈에 핏발이 선 채 전국을 헤맨 걸 기억해."

"아버지 혼자?"

"응, 우린 어렸고, 엄마는 슬픔으로 몸을 가누지 못했으니까. 결국 삼 년만에 그 운전자를 찾았지. 지금도 기억 나. 그날 아버지는 횡단보도 앞에 앉아 종일 소리 없이 눈물을 흘렸어."

그때 일이 떠오르는지 큰누나가 잠시 눈을 감았다가 떴어.

"아버지가 집을 떠난 건 그로부터 며칠 지나지 않아서였어. 떠난 뒤 석 달 만에 계신 곳을 찾았지. 지리산에 있는 작은 암자였어."

"아버지는 끝내 안 돌아오실까?"

내가 힘없이 말꼬리를 내리자 큰누나는 세게 도리질을 쳤어. 마침 작은 누나가 다가오더니 대신 대답을 했어.

"선태야. 아버지는 언제나 네 얘기만 했어. 꼭 돌아오실 거야."

고개를 크게 끄덕이며.

여하튼 말다툼은 끝이 났어. 엄마는 안방으로 들어가 버렸어. 큰누나는 그대로 몸을 돌려 집을 나갔어. 현관문이 "쾅!" 소리가 나도록 닫혔어. 어째야하지? 주춤거리던 내가 현관으로 나갔어. 큰누나를 데려와야 하잖아. 급하게 운동화에 발을 꿰었어.

"큰누나! 잠시만!"

현관을 나서는 내 걸음이 빨라졌어. 밖은 벌써 어둑해졌어. 누나도 눈에 띄지 않았어. 우리 집은 도농지역이라 버스정류장까지 30분은 걸어야 하거든. 주변에 논과 밭이 펼쳐졌는데 드문드문 전원주택을 짓기 시작했어.

대체 어디로 간 걸까? 이리저리 뛰며 누나를 불렀어.

얇은 티셔츠 하나만 입었는데도 땀이 고였어. 뛰면서 올려다 본 달빛이 창백해 보였어. 얼마나 달렸을까. 숨이 턱에 찰 때쯤 저만치 공사장

쪽에서 예사롭지 않은 움직임이 보였어.

"큰누나? 큰누나야?"

황급하게 외치는데 둔탁하게 후다닥 뛰는 소리가 들렸어.

"악! 사람 살려!"

뒤이어 여자 비명소리가 다급하게 달려들었어. 어른어른 희부연한 것이… 아, 우뚝 선 내 눈앞까지 달려 온 것은 누나, 큰누나였어.

두려움과 공포로 하얗게 질린 누나가 내 손을 확 낚아채더니

"뛰어!"

외마디 비명을 내질렀어. 엉겁결에 뛰었지. 가쁜 숨을 매달고 뛰면서 몇 번이고 뒤돌아보았지만 다행히 쫓아오는 사람은 없었어.

"엄마아! 엄마, 엄마!"

헝클어진 머리로 집에 뛰어 든 큰누나가 엄마를 불렀어. 방에서 나오던 엄마 눈동자가 흔들렸어.

"왜 그래! 무슨 일이야. 괜찮아? 괜찮아?"

새파랗게 질린 큰누나를 끌어안은 채 엄마가 부르짖었어.

"아휴, 세상에. 무슨 일이냐. 이게 무슨 일이야."

큰누나 볼을 감싸 쥔 엄마가 숨을 몰아쉬었어. 얼마나 지났을까?

물을 한 모금 마신 뒤 진정이 된 큰누나는 간신히 입을 열었어.

"그냥 좀 걸으려고 논둑길로 들어섰는데 공사장 앞을 지나게 됐어. 두 놈이 내 앞을 막아서는 거야. 한 놈이 다짜고짜 내 팔을 쥐어 잡고 안 놓는 거야. 옆에 선 놈도 내 다른 팔을 잡고 공사장 안 컴컴한 쪽으로 끌고 가는 거야. 정말 순식간이었어.

얼핏 지하실로 데려가자고 쑤군거렸어. 등골이 오싹했어. 소름이 끼치는데 옴짝달싹할 수가 없었어. 그때 멀리서 선태가 나를 부르는 소리가 들린 거야. 그 놈들은 멈칫했고. 그 순간 뿌리치고 비명을 지르며 내달렸어. 지금 아니면 죽겠구나 싶어서."

큰누나가 치를 떨며 흐느꼈어. 뒤이어 옆에 선 나를 와락 끌어당겨 안았고.

"우리 선태 아니었으면…. 우리 선태 아니었으면…."

낮게 중얼거리는 큰누나를 나도 힘주어 끌어안았어.

순찰차 두 대가 왔어. 냉정을 되찾은 엄마가 신고를 했거든. 밤늦도록 조사가 이루어지고, 공사장 부근이 경광등으로 번쩍였어.

사실 큰누나와 작은누나가 직장을 오가기에도 집이 멀었어. 작은 누나가 몇 번 투덜대는 소리도 들었어.

"언니, 그냥 우리 나가서 자취하자. 그래도 되잖아."

104

볼멘소리로 한숨을 쉬었어. 그럴 때마다 큰누나는 작은누나를 다독였어.

"엄마가 아직도 오빠 때문에 저러는데 우리라도 있어야 하지 않겠니?"

차분하게 말했지만 큰누나 마음도 다르지 않은 것 같았어.

"마음이야 나도 굴뚝같다."

뒤이어 중얼거리는 소리를 들었거든.

큰누나 사건이 있고, 며칠이 지났어. 엄마가 우리 셋을 불러 앉혔어.

"얘들아. 우리 이사 가자. 큰애, 작은 애 직장이 있는 근처에 집을 알아봤어. 다행히 작은 아파트 나온 게 있더라. 여기서는 선태가 다닐 중학교도 먼데, 그곳에선 가까이에 중학교와 고등학교도 있고."

엄마가 부드럽게 우리들을 둘러봤어.

"방이 세 개니 아버지와 엄마 방, 누나들 방, 그리고 선태 방, 이렇게 방을 정했어. 이사 다 해 놓고, 아버지 뵈러 가자."

엄마 말투가 자분자분 평화로웠어. 나는 두 배로 커진 눈으로 엄마를 쳐다보았어.

밤이 되었어. 큰누나가 형 침대에 걸터앉아 나를 불렀어. 눈짓으로.

슬그머니 옆에 가서 앉았어. 무슨 말을 하려는 걸까. 눈치를 살폈지.

"선태야."

내 이름을 부르며 큰누나가 손을 잡았어.

"엄마가 우리를 사랑하지 않은 게 아니야. 엄마는 말이지. 경태오빠에게 미안했던 거야. 미안해서 우리에게 표현하지 못했던 거야."

큰누나 말에 나는 말없이 고개를 끄덕였어.

"네가 우리 집에 오던 해, 넌 기억 안 나겠지만 다들 얼마나 기뻐했는지 몰라. 잔칫날 같았어. 과묵하던 오빠도 남자 동생이 생겼다며 펄쩍펄쩍 뛰며 좋아했어. 얼른 키워서 축구도 같이 하고, 목욕할 때 등도 서로 밀어준다며 말이야. 남자들만이 알 수 있는 세계를 네게 가르친다나? 하하. 그렇게 좋아했어."

"그러니까 내가 천사의 집에서 여기 왔을 때?"

"응, 우리 식구들이 모두 아기들 돌보는 자원봉사를 다녔잖아. 그러니까 네가 우리 식구로 오기 전부터지. 네가 백 일도 되기 전에 천사의 집에 들어왔고, 우리 집에 온 건 돌 때니까."

"그럼 누가 나 입양하자고 했어?"

"모두 동시에!"

큰누나가 따뜻한 눈길을 내게 보냈어.

"동시에?"

"한 0.3초 빨랐던 건 오빠, 그러니까 네 형이고. 훗."

나도 큰누나 따라 씩 웃었어.

"네가 우리 집에 왔을 때 형이 고등학생이었어. 학교 마치고 학원도 안 가고 너 보러 집에 달려 올 정도였으니까."

"그렇게 날 좋아했어?"

"다! 모두 다!"

"엄마도?

"말하면 뭐해. 너 보려고 미용실 문도 일찍 닫았어. 아버지도 마찬가지고."

"그럼 내가 온 뒤 얼마 있다가 형이 사고를 당한 거야?"

"한 달 후에."

"겨우 한 달?"

"응, 그날 너랑 논다고 학원 안 간다는 걸 특강이라며 엄마가 등을 떠밀었거든."

"……."

"엄마가 너한테 냉정했던 건 선태야. 형한테 미안해서 그랬던 거야. 행복해지는 게 미안해서……."

누나가 내 손을 힘주어 잡았어. 나는 자꾸만 고개를 끄덕였고.

일요일 아침이 되었어. 발가락을 꼼지락거리며 창으로 들어온 햇살을 만나다가 몸을 일으켰어. 어쩐 일이지? 엄마가 깨우지 않은 거야. 방문을 슬그머니 열었어.

"우리 선태, 잘 잤니?"

엄마가 거실을 닦다말고, 환하게 웃었어. 처음 있는 일이야. 늘 힐끗한 번 본 뒤 '세수해라, 밥 먹어라.' 그랬던 엄마거든. 내 볼을 꼬집어보고 싶었어.

놀라서 눈을 끔벅거리며 서있는데 엄마가 다가와 안아주지 않겠어. 숨이 막히도록 꽈악 안아줬어. 처음으로.

"엄마가 잘못했다, 선태야. 우리 아들. 누가 뭐래도 넌 내 아들이야."

엄마가 내 머리카락을 쓰다듬었어. 머리에 막 뽀뽀도 하고. 아, 참 좋아. 꿈이라면 깨지 않았으면 좋겠어.

나도 엄마를 꽉 끌어안았어. 그렇게 오래오래. 엄마 숨소리를 들으며 오래오래.

엄마가 생긴 날

"**수**민아! 수민아!"

우리 할머니가 부르는 소리야. 수시로 날 찾아. 집 앞 목공소에서 "찌이잉, 찌이잉." 전기톱으로 나무를 자를 때보다 더 큰 소리로 말이야. 열두 살 내 인생 통틀어 제일 많이 들은 소리는 할머니가 내 이름을 부르는 소리야. 그런데 요즘은,

'나 좀 내버려두세요.'

이런 소리가 튀어나오려고 하지. 못 들은 체하거나 이불을 뒤집어쓰기도 해. 오늘도 숙제를 하다가 한숨을 내쉬었어. 할머니가 나를 불러댔

기 때문이야.

"민아! 수민아!"

아휴, 그러면 그렇지. 그렇다고 포기할 할머니가 아니야. 대답할 때까지 부른다니깐. 얼른 양쪽 검지로 귀를 틀어막았지만

"민아! 수민아!"

그러면 뭐하나. 오히려 더 잘 들려. 눈을 질끈 감았다가 떴어. 저절로 한숨이 푹 나왔어. 정말 대답 안 하고 싶은데, 그러면 그럴수록 할머니는 더 찢어지게 내 이름을 불러댈 거야. 어쩜 대답할 때까지 부를지도 몰라. 내 속을 훤히 다 아는 것 같다니깐.

"왜요오오!"

덮고 있던 이불을 확 젖히며 짜증스럽게 외쳤어.

"수민아!"

내 대답을 듣고도 다시 부르는 건 튀어 오라는 뜻이야. 더 이상 꾸무럭거려봤자 소용없어. 입을 쑥 내밀며 봉당으로 내려선 뒤 슬리퍼를 "칙, 칙, 칙." 소리 나게 끌며 옆방으로 향했어.

우리 집은 공동주택이야. 디귿자 모양의 슬레이트 지붕을 얹은 집인데, 어른들 얘기로는 60년은 더 된 집이라고 했어.

잠깐 집을 소개하자면 바닥에 내려앉은 양철 대문을 살짝 들어서 밀

고 들어서야 해. 그럼 제일 왼쪽 방이 베트남 부부가 쓰는 방이고, 그 옆으로 마루 없이 붙은 방이 내가 쓰는 방인데, 방을 구하러 온 갓 스무 살이 된 언니와 함께 써. 그 언닌 근처 식품도매상 경리사원이라고 했어. 사정사정하는 통에 어쩔 수 없이 나와 함께 쓰게 된 거야. 그 옆방은 쪽마루가 붙었는데 할머니 방이야. 트럭으로 건어물 장사를 다니는 아버지와 함께 써. 그 옆으로 김치공장 다니는 아줌마 방이고. 이렇게 방 네 칸이 조르르 붙은 낡은 집이야.

나는 엄마가 없어. 나를 낳다가 돌아가셨다고 해. 엄마가 막연히 보고 싶을 땐 벽에 걸린 낡은 결혼사진을 봐.

"나는 누구를 닮았지?"

사진을 보며 탐정놀이를 하곤 해.

나를 길러주신 할머니는 눈이 안 보여. 정확하게는 2년 전이야. 내가 아홉 살 때부터 완전히 안 보이기 시작했어.

그전에는 사거리 으리으리한 '황실 한복집'보다 더 큰 포목점을 했어. 어찌나 솜씨가 빼어나던지 전국에서 일감이 밀려들었지. 그야말로 전성기였어. 이 디귿자 집도 그 즈음 마련한 거야.

그날도 이불을 시치던 할머니가 눈을 비비며 말했어.

"눈이 안 보이네. 수민아, 바늘 귀 좀 꿰어 봐."

좀체 그런 일이 없었는데 바늘을 내밀었어. 그게 시작이었어. 2년간 나는 바늘과 실을 꿰는 도사가 되었지. 어느 날 희미한 빛 한 줌도 볼 수 없게 된 할머니가 일을 접을 때까지.

그래도 귀만큼은 예전보다 더 밝아진 게 분명했어. 아버지 먼 발자국 소리조차 기가 막히게 알아챘어.

공용주차장에 트럭을 주차한 뒤 골목길을 걸어 올 때부터

"네 아버지 왔다."

딱 알아맞힌다니깐. 내 발자국 소리는 어떻고. 아무리 소란스런 소리와 섞여도 콕 집어내.

그러니 할머니에게 들키고 싶지 않은 날은 심호흡을 해야 해. 대문이 보이기 시작하는 골목 끝에서 일단 숨을 가다듬어야 하거든. 들키는 순간 할머니의 요구사항이 이어져. 그 순간 내 자유는 끝이야. 물론 요강을 비운다든지 식사를 차려 드리는 것 말고 시시콜콜한 일들 말이야.

먼저 엉덩이를 최대한 뒤로 빼. 그 자세로 발끝을 들고 살금살금 걸어야 해. 조심조심 내딛으며 대문 안 동태를 살펴. 그렇지만 딱 거기까지야. 사실 단 한 번도 들키지 않은 적은 없어.

"민이냐! 빨리 오니라!"

마치 훤히 다 보고 있는 것 같다니깐. 그런 날은 자유 따윈 포기하는

게 좋아. 툴툴거리며 한숨을 포옥 내쉬거나 말거나 바쁘게 주문이 밀려
들어.

"불려 놓은 콩 넣어서, 쌀 좀 안쳐라."

그래서 전기밥솥에 안치면

"빨랫줄에 널린 빨래들 죄 거둬다오."

내 목이 꺾이도록 이불까지 거둬 오면

"화단에 심은 푸성귀에 물 좀 뿌려라."

수도 틀어 호스로 뿌리고 나면

"구석구석 방 청소 좀 해다오."

땀 뻘뻘 흘리며 겨우 끝내면

"달걀 몇 개 삶아다오."

정말이지 끝이 없어. 끝이 없다고.

요리는 어릴 때부터 조금씩 했지만 이젠 내가 도맡아 해. 어제는 김
치를 담그자고 하는 거야. 어른들도 사다 먹는 김치를.

"김치는 아버지가 사오잖아요!"

놀란 내 눈이 두 배로 커졌지.

"사 먹는 건 비싸. 김치도 담가봐야지."

할머니가 결심하면 물러서는 법이 없어.

'배추를 다듬어 썰어 봐라. 굵은 소금 내와라. 소금을 물에 타서 배추를 절여라.'

숨 가쁘게 주문했어.

이러니 한숨이 안 나올 수가 있겠냐고.

중간고사 기간이라 공부방에 가던 날도 그랬어.

"민아. 장독대까지 좀 같이 가자."

막 나가려는 날 콕 불러 세웠어.

"장독대는 왜요?"

"오늘 장 담그는 날이여."

맞아. 메주를 잔뜩 말려뒀거든. 물론 아버지가 해놓은 일이지만.

"제가 어떻게 해요?"

놀란 내 대답에 할머니가 고개를 들었어.

"내가 알려주면 되지."

할머니 감은 두 눈이 고장 난 형광등처럼 빠르게 깜빡였어.

"얼른 나 좀 부축해다오."

할머니가 팔을 내밀었어. 하지만 난 처음으로 도리질을 쳤지.

"죄송해요. 저 오늘은 못해요."

뒷걸음질 치며 할머니 방을 나왔어.

"수민아, 수민아!"

할머니 다급한 목소리가 날 잡아당겼지만.

신발을 신는데 톡. 토도독 톡!

비야, 비! 내 정수리에 먼저 톡 한 방울 떨어졌어. 곧 "텅, 텅, 텅, 텅!" 온 세상을 두드리며 세차게 쏟아졌지.

이제야 하는 말이지만 학원을 다니지 않아서 자꾸 뒤쳐졌어. 그렇다고 아버지한테 학원비를 달라고 할 수는 없었어. 우리 생활비는 빤한데 장사도 신통치 않다며 고민하는 모습을 봤거든.

"너 학원 다녀야 하면 말 해. 돈 줄게."

고단한 먼지를 털던 아버지가 먼저 말을 꺼내도

"괜찮아, 아버지. 학교 공부로 충분해!"

짐짓 너스레를 떨었어. 물론 사실이 아니야. 학원에 안 다니는 아이는 나밖에 없거든. 그나마 다행인 건 공부방 선생님이 공부를 봐줬어. 이번에는 어떻게든 성적을 올리고 싶었어. 초등학교 선생님, 내 꿈을 위해서.

주변을 둘러보았지만 우산이 없었어. 우산살 부러진 까만 우산이 하나 있었는데 아무리 찾아도 안 보였어.

'어쩌지?'

잠시 망설이며 할머니 방문을 돌아보았어. 고요했어. 눈을 꾹 감은 채 어둠 속에 앉았을 할머니. 내 발자국 소리가 멈추길 바랄 테지.

그런 할머니를 생각하니 조금 망설여졌지만 이내 빗속으로 내달렸어.

"인생은 보통 '내가 하고 싶은 것'이 아니라 '내가 잘 하는 것'에 의해 흘러간대. 그러니 네가 잘 하는 것을 찾아. 남의 눈치 살피지 말고. 착한 아이에 갇혀 살지 말고."

집안 일이 많아 투덜댈 때마다 같은 방 언니가 해 준 말도 떠올랐어. 철벅철벅 빗속을 뛰어가며 입술을 깨물었어.

대문을 벗어나 마을 공터로 내달리는데 동네 애들도 보였어. 비를 쫄딱 맞고 까르르 깔깔, 가댁질을 하고 있었어.

"너도 할래?"

빗속에서 애들이 손짓했지만 손사래를 치며 내달렸어.

"선생님! 선생님!"

공부방에 도착하자마자 다급하게 이모 선생님을 찾았어. 이모 선생님은 대학을 갓 졸업한 자원봉사 선생님이야. 조무래기들이 이모라고 부르거든. 다행히 선생님을 아무도 차지하지 않은 거야. 야호!

"선생님! 저 도형 좀 봐주세요!"

내 목소리가 얼마나 컸는지 몰라. 먼저 와서 공부하던 애들이 다 돌아봤어.

'소수의 곱셈도 오늘은 다 알고 갈 테다!'

마음이 급했어. 머리를 맞대고 선생님과 공부하는 동안 모든 걸 잊었어. 어찌나 집중했던지 배가 고픈 것도 잊었어.

꽤 시간이 흘렀나 봐. 고개를 드니 밖은 벌써 캄캄해졌어. 그나마 다행인 건 공부방을 나설 때는 보슬비로 바뀌었어.

"우산 쓰고 왔지?"

선생님이 물었지만 씩 웃고는 어둠 속으로 내달렸어. 철벅철벅 내 발자국소리가 골목을 채워갔어.

비 덕분이었을까? 대문을 들어서면서도 할머니에게 들키지 않았어. 그 묘한 희열감이란.

할머니 방은 인기척이 없었어. 일찍 잠든 듯했어. 날이 궂은 날엔 으레 그랬거든. 나는 빗속에서도 발끝을 들고, 조용히 내 방문을 열었어.

"수민아! 수민아!"

언뜻 할머니가 부르는 듯해서 깜짝 놀라 멈췄어. 아니었어. 비바람이 빨랫줄에 감기는 소리였어. 피식 웃으며 어깨를 한번 움찔했어. 시계를 보니 아홉 시, 다시 책상에 앉았어.

얼마나 지났을까?

"민아, 수민아!"

멀리서 나를 부르는 소리가 들렸어. 아득하다가 확 다가 온 목소리는 옆방 아줌마인가? 책상에 엎드려 잠이 들었나봐. 허겁지겁 방문을 열었어.

"민아. 너 집에 있었니? 이게 어찌 된 일이야! 네가 있었는데 왜 할머니가 너를 부르지 않았을까? 아이고 어쩌나!"

아줌마가 화들짝 놀라며 동동거렸어.

"왜요? 무슨… 일인데요?"

"아 글쎄, 할머니가 장독대에서 넘어지셨대. 머리를 다쳐서 병원으로 가셨다는데? 여섯 시쯤인가? 택배 아저씨가 발견하고 119에 신고했대. 이상하다. 할머니가 왜 혼자서 나가셨을까? 민아! 할머니가 너 부르지 않으시던?"

아줌마 얼굴이 흙빛이 되었어. 나도 숨이 턱 멎는 것 같았어. 두려움이 삽시간에 온 몸을 휘감았어. 눈앞이 캄캄해진다는 게 이런 걸 거야.

"너희 아버지가 지방에서 올라오고 있대. 아무래도 내가 먼저 병원으로 가봐야겠다. 넌 집에 있어."

아줌마가 서둘러 나가고 나는 방바닥에 털썩 주저앉았어. 집에 돌아왔을 때 할머니는 잠든 게 아니라 없었던 거야. 그것도 모르고 좋아했으니.

나 때문이야. 내가 공부방으로 가버리지 않았다면…. 그랬다면 할머니는 다치지 않았을 텐데…. 어쩌면 좋아. 그제야 하얗게 질린 울음이 터져 나왔어.

애타는 며칠이 몇 달처럼 흘렀어. 나는 코로나 때문에 병원에 갈 수가 없었어. 간호를 맡은 아버지는 아버지대로 자기 탓이라며 웅크렸어.

"눈 먼 어머니를 어린 너한테 맡겨뒀으니."

아버지가 울먹이는 모습은 처음이었어. 동네사람들은 연세가 있어 돌아가실 거라며 쑥덕였어. 그럴 때마다 '제발, 제발.' 내 가슴은 까맣게 타들어 갔어.

그런데 만세! 좋은 소식이 들려온 거야.

"찢어진 두피 외엔 다른 곳은 괜찮대."

아버지 목소리가 얼마나 컸는지 몰라. 나도 덩달아 팔짝팔짝 뛰었어.

다시 며칠이 흘렀어. 할머니가 퇴원을 한 거야. 아! 할머니가 무사히 집으로 오다니!

아버지가 할머니를 부축하고 마당에 들어서는데 내가 어쨌게?

우물쭈물 조금 떨어져 있었어. 용기가 안 났어.

'잘 됐어, 정말 잘 됐어.'

마음 같아선 할머니를 끌어안고 싶었어. 밤마다 잠 못 이루고 얼마나 뒤척였는지, 눈이 뻑뻑해지도록 울고 또 울며 괴로워했는지 말하고 싶었어.

차라리 매달려 용서를 빌고도 싶었어. 하지만 눈물이 먼저 터져 나올 것만 같았어. 그 소동에 아버지도 진실을 알게 되겠지? 할머니 다친 게 나 때문이란 걸.

"네가 그런 아이인 줄 몰랐구나."

실망한 목소리로 차갑게 돌아설 거야. 불 보듯 한데 어떻게 털어 놔. 못 하겠어. 나는 그만 고개를 떨어트렸어.

할머니 방 앞은 적막했어. 다음 날, 그 다음 날도. 좀처럼 할머니 목소리를 들을 수가 없었어. 아무리 귀를 쫑긋 세워도 날 부르지 않았어. 닫힌 방문도 마찬가지였어. 좀처럼 열리지 않았어.

"수민아!"

어쩌다 간호하던 아버지가 날 찾으면 가슴이 덜컹 내려앉았어.

괜히 마당을 서성이며 자박자박 발자국 소리를 내기도 했어. 할머니가 기분이 좋으면 나지막하게 부르던 '연분홍치마'를 큰 소리로 불러도 보았어.

괜스레 요란스런 기침도 해댔어. 그래도 손때 묻은 방문은 꿈쩍도 하지 않았어. 입이 바작바작 마르고, 점점 움츠러들었어.

중간고사를 잘 치렀어도 기쁘지가 않았어.

외롭다는 것이 이런 걸까? 친구 정희와 싸우고 절교한 날처럼 세상 모든 것과 절교한 것 같았어. 그때였어.

"민아!"

할머니였어. 할머니가 나를 불렀어. 잘못 들은 걸까? 온 몸의 신경이 빳빳하게 곤두서는데

"수민아!"

틀림없어. 할머니야, 할머니!

"예에!"

출발 신호를 받은 선수처럼 내달렸어. 얼마나 좋았던지 신발도 벗지 않은 채 쪽마루에 올라섰어. 무릎걸음으로 쾅쾅쾅 쪽마루를 걸어 방문을 드르륵 여는데 0.2초도 걸리지 않았던 것 같아.

방은 대낮인데도 어둑했어. 할머니는 그 어둠 한 가운데 하얗게 앉아 내 쪽으로 고개를 돌렸어.

"할머니이…."

움츠러든 내게 가까이 오라고 손짓을 했어. 자라목을 한 채 우물쭈물

방바닥을 기어갔어. 그런 내 손을 할머니가 더듬더듬 거머잡았어. 움찔 놀라면서도 할머니 손이 바싹 마른 가랑잎처럼 가볍다고 느껴졌어.

"민아. 많이 놀랐지?"

순간 내 귀를 의심했어. 무섭게 화를 낼 줄 알았던 할머니가

"생각해 보니 내가 잘못했다."

오히려 내게 사과를 하는 게 아니겠어.

"나 죽고 나면 혼자 남겨질 네 걱정에…."

목이 메는지 잠시 말을 끊었다가 다시 말을 이었어.

"앞도 안 보이는 구십 망구가 살면 얼마나 더 살겠니. 떠나기 전에 어미 없이 남겨질 네가 걱정 되어서 닦달을 했다. 이것이 나 없으면 밥도 못 먹지 싶어서…. 밥 짓는 거며 살림하는 걸 가르치려고 말이야. 할머니가 미안해."

할머니 감은 눈에 물기가 고였어.

나는 입술을 꼭 깨물었어. 울지 않을 작정으로.

사랑하면 내 고통은 다 잊고, 상대방 고통은 다 찾아낸다고 했던가? 할머니는 내가 당할 고통만 찾아내고 있었던 거야.

나는 재빨리 익살스런 표정을 지었어.

"그러니까 할머니가 제게 과외를 시켜 주신 거네요?"

방안 공기를 확 일으키듯 느닷없이 외쳤어.

통했어. 할머니가 천천히 내 쪽으로 얼굴을 돌렸어.

"응? 과외?"

뜬금없다는 듯 되물었어. 나는 목소리를 키웠어.

"네! 제 주위에 저만큼 밥 잘 짓는 애들 없을 걸요? 어디 밥뿐인가요? 김칫국, 된장국도 끓이고 푸성귀도 잘 기르잖아요. 청소며 빨래 못하는 게 없잖아요. 이런 생존 과외는 어디서든 못 배워요. 할머니!"

그제야 할머니 표정이 떠듬떠듬 풀리는 거야.

"그렇게 생각해줘서 고맙구나."

한결 밝아진 표정이었어.

"고맙긴요! 엄마들은 다 그러던 걸요!"

"엄… 마…."

할머니가 나지막한 소리로 읊조렸어.

"네, 할머니는 저를 길러주셨잖아요. 길러 준 사람이 엄마죠!"

나는 그 어느 때보다 힘주어 말했어.

그래, 엄마야, 엄마. 내 인생의 바다에 든든한 닻을 내려 준 할머니는 엄마야. 어떤 파도도 견딜 수 있게 해 준 할머니는 엄마야.

"수민아, 수민아!"

내 이름이 닳도록 불러도 이젠 싫지 않을….

맞아! 내게도 엄마가 생긴 거야.

아버지는 다음 날 당장 트럭을 팔았어. 나와 같이 방을 쓰는 언니, 그 언니가 다니는 식품도매상 이야기 한 적 있지? 그곳에 일자리를 구한 거야, 아버지가. 보수도 나쁘지 않고, 무엇보다 수시로 할머니를 돌볼 수 있게 된 거야. 얼마나 좋아하던지. 물론 나하고도 함께할 수 있다며 뛸 듯이 기뻐했어.

"수민아, 한시름 놓았다. 길 하나만 건너면 네 아빠가 있으니."

김치 아줌마도 덩달아 기뻐해줬어.

할머니도 달라졌어. 여태껏 복지관 자원봉사 선생님을 마다했거든. 그런데 도움을 받기로 한 거야.

"이제 수민아. 너는 네 할 일만 해라. 공부도 하고, 친구들과 어울려 놀고. 이 할미 걱정은 안 해도 돼."

얼굴빛이 발그레하게 물든 할머니가 웃었어. 오랜만에 환하게. 그 어느 때보다 활짝.

벌집

벌집이야, 벌집! 벌집을 찾았어. 어쩐지, 베란다 쪽으로 벌이 자주 온다 했어. 혹시 몰라 방충망을 열고, 이리저리 둘러봤거든. 맙소사! 그렇게 발견하게 된 거야. 우리 아래층 베란다 끝에 있는 벌집을.

"맞지?"

옆으로 다가온 동생 태오에게 물었어. 태오는 열 살이야. 나보다 세 살이나 아래인데도 큰 키야.

"어디 봐."

목을 길게 뺀 뒤 아래를 내려다보던 태오 눈이 커졌어.

"맞다, 형. 벌집 맞아."

놀란 눈을 끔뻑거리더니 다시 창틀에 붙었어.

"자세히 볼래."

좀 더 밖으로 몸을 내밀었어. 놀란 내가 확 안으로 잡아당겼고.

"위험해! 그나저나 너 초콜릿 먹었지? 그 냄새 맡고 올지 몰라."

"더 보고 싶은데……."

입맛을 다시던 태오가 초콜릿 묻은 입을 다물었어.

"그럼 내가 자세히 보고 설명해 줄까?"

무안을 준 것 같아 살짝 부드럽게 물었어.

"응."

태오는 후딱 대답했어.

사실 나도 무서웠지. '벌이 와서 쏘면 어쩌지?' 걱정돼서 가슴이 두근거렸어.

고개를 조심스럽게 내밀었어. 아까보다 몇 마리가 더 늘어 보였어.

"정육각형 벌집 안에 뽀얗고 통통한 애벌레들이 보여. 도형 배웠지? 같은 길이의 선분 여섯 개로 이어 만든 게 정육각형인 거. 그 안에 꼬물꼬물 뽀얀 애벌레들이 꽉 찼다고 생각하면 돼. 어라! 벌이 애벌레한테 바람을 일으켜 줘. 정성껏 돌보는 모습이야. 붕붕거리는 날갯짓 소리 들려?"

"응, 들려. 벌이 커? 아주 커?"

"커! 음… 아무래도 말벌이지 싶어."

"말벌은 무서워?"

"강력한 독을 지녔어. 쏘이면 죽을 수도 있어."

나는 벌집을 계속 살피며 대답했어. 순간 벌 한 마리가 우리 쪽으로 방향을 틀었어. 무척 컸어.

"탁!"

나는 부리나케 방충망을 닫으며 목소리를 높였어.

"안 되겠어. 태오야, 소방서에 신고하자."

두 배로 커진 내 눈빛이 흔들렸어.

"그럼 벌집은 어떻게 돼?"

걱정이 되나 봐. 그래도 어쩔 수 없잖아.

"없애야지. 저대로 두면 사람들이 쏘일 수 있다고."

나도 모르게 주먹을 불끈 쥐었어.

태오는 내키지 않은 눈치야.

"그냥 저기에 살게 두면 되잖아."

왠지 시무룩해졌어.

"넌 안 무서워?"

힘을 내서 조금 다그쳤어.

"무섭긴 하지만……."

"그러니까 신고해야 해. 사람들을 공격할 수 있으니까!"

할 수 없다고 생각했나 봐. 태오가 힘없이 고개를 끄덕였어.

"알았어. 그럼… 소방서에 연락해!"

마지못해 대답했고.

소방차는 금방 도착했어.

"소방관 아저씨!"

태오가 쏜살같이 달려갔어.

소방차에서 소방관 세 사람이 내렸어.

"너희가 신고했니? 아저씨가 소방대장이다."

작고 홀쭉한 아저씨가 소방복을 고쳐 입으며 말했어.

"네. 저기 101호 베란다에 벌집이 있어요."

내가 101호 쪽을 가리켰어.

"벌들이 마구 날아다녀요."

태오도 두 팔로 날갯짓을 했어.

"근데 101호에 사람이 있니?"

"모르겠어요. 저희도 고모할머니 댁에 와 있는 거라서……."

나는 괜스레 멋쩍은 표정을 지었어.

"그럼 가보자, 일단."

소방대장이 고개를 끄덕이며 앞장섰어. 두꺼운 안경을 쓴 소방관과 제일 젊어 보이는 소방관도 망을 쓰며 뒤따랐고.

"저희는 그럼 밖에서 봐도 돼요?"

뒤따르던 내가 쭈뼛거리며 물었어.

"으응? 그래라."

소방대장도 어느새 망을 쓰며 대답했어.

"띠오로로롱 띠오로로롱"

소방대장이 101호 초인종을 눌렀어. 두어 번 울렸을까? 인터폰으로 미리 봤는지 현관문이 딸깍 열렸어. 일흔 살 우리 고모할머니보다는 젊어 보이는 뚱뚱한 할머니였어. 멋쟁인가 봐. 빨간 매니큐어를 바른 손톱이 눈에 들어왔어. 머리에 잔뜩 롤을 말았고.

"안녕하세요!"

우리가 먼저 서먹하게 인사를 했어.

할머니는 우리 대신 소방대장을 쳐다보았어.

"벌집이 있다는 신고를 받았습니다."

소방대장은 101호에 온 이유를 설명했어.

"아유, 난 벌집이 있는 줄도 몰랐어요. 창 쪽으로 침대 머리를 뒀거든요. 그러니 창을 열어 본 적도 없고요."

할머니가 호들갑스럽게 방을 가리켰어.

"그럼 들어가서 제거하겠습니다."

아저씨들이 차례차례 신발을 벗고, 방으로 들어갔어. 뒤따르던 할머니는 거실로 향했는데 큰 개가 엎드려 있었어. 리트리버였어.

"아유, 우리 재재 물렸으면 어쩔 뻔했어."

이름이 재재인가 봐. 할머니가 카펫에 엎드린 재재 등을 쓰다듬었어.

눈빛이 순해 보였어.

"그런데 누가 신고를 했을까요?"

다 들려라 콧소리를 높여 말했어. 벌집이 있다는 것보다 신고자가 더 궁금했나봐.

"저희요. 저희가 신고했어요."

태오가 기다렸다는 듯 대답했어.

"그랬어? 난 또. 102호 새댁인가 했지."

태오를 힐긋 한 번 보더니 고개를 돌렸어.

"방충망 열다가 벌집이 보여서 신고했어요."

묻지도 않았는데 나도 주절주절 설명을 했어.

"치이이익! 치이이익."

마침 베란다 쪽에서 약 뿌리는 소리가 들렸어. 아저씨들이 벌집을 떼면서 살충제를 뿌리나 봐. 태오도 궁금했는지 현관 안으로 몸을 기울였어.

"태오야, 이리 와!"

나는 얼른 태오 옷을 잡아끌었어.

"왜?"

"남은 벌이 날아와 쏠 수도 있어."

내 걱정에 태오가 어깨를 한 번 으쓱했지만 또 궁금한 눈치였어.

뭐, 나도 궁금한 건 마찬가지여서 목을 빼고 물었어.

"아저씨. 말벌이에요?"

"그래, 위험하니 오지 마라. 쏘일 수 있어."

그 말을 들은 우리는 한 발짝 뒤로 물러섰어. 물론 곧 주춤주춤 현관 가까이 다가섰고.

떼어 낸 벌집이 보였어. 그 벌집을 빠르게 비닐봉지에 넣은 다음 꽉 묶는 것도 보였어. 들고 나오면서 소방대장이 할머니를 찾았어.

"당분간 창문 열지 마세요. 벌이 집을 찾아 다시 올지 모릅니다."

"아우, 우린 그 문 안 연다니까요. 그러니 벌집이 있는 줄도 몰랐죠."

할머니 대답이 야단스러웠어.

"그럼 저희는 이만 철수하겠습니다."

아저씨들이 인사와 함께 막 현관으로 나설 때였어.

"이봐요! 신발을 신고 침대에 올라가면 어떡해욧."

할머니가 질색하며 얼굴을 구겼어. 조금 전에 그 모습은 온데간데 없이.

아저씨들도 엉거주춤하게 할머니를 돌아보았어. 이게 무슨 일이야. 우리들도 당황했지. 그렇잖아. 신발을 벗고 들어가는 걸 우리도 봤거든.

얼마 지나지 않아 할머니가 손을 내저으며 너스레를 떨었어.

"오호호. 아니다. 아니네. 내가 잘못 봤네요. 호호호."

오해라는 걸 알았나 봐. 그래도 그렇지.

사과도 없이 할머니 웃음이 아저씨들을 밀어냈어. 아저씨들은 신발도 제대로 신지 못하고 나와야 했어.

소방차로 걸어가던 소방대장에게 내가 말을 걸었어.

"아저씨, 그 벌집… 저한테 주시면 안 되나요?"

망설이다가 용기를 낸 거지.

"뭐 하게?"

"그게……."

말을 다 잇지 못하고 머리를 긁었어.

"음, 그래. 벌은 없으니 선물로 주마."

소방대장이 벌집 꾸러미를 내게 건넸어.

나는 조심스럽게 받아 들었어.

그 모습을 보던 태오가 침을 꼴깍 삼켰어.

"형!"

현관에서 태오가 내 팔을 슬며시 잡았어.

"그 벌집, 어쩌려고?"

"응. 아직 잘 모르겠어."

그러는 동안 꾸러미가 바스락거렸어.

태오도 소리를 들었나 봐. 시무룩하게 꾸러미를 바라보았어.

나도 꾸러미를 베란다 구석에 둔 뒤 방으로 가서 누웠어. '아직 아무 것도 모르는 애벌레들은 아빠, 엄마를 기다리겠지.' 이런 생각들이 나를 우울하게 만들었어.

얼마나 지났을까? 태오의 다급한 목소리가 들렸어.

"형! 벌이 우리 집 방충망 밖에 왔어!"

"어디?"

나도 눈이 커져 베란다로 달려 나갔어. 어쩜 좋아. 벌집을 찾는 것 같았어. 방충망 주위를 윙윙거리는 벌이 세 마리나 되는 거야. 벌집 속 애벌레들이 신호를 보냈을까?

"어떡하지?"

태오가 조마조마한 표정으로 나를 쳐다보았어.

"아기들 찾으러 왔나 봐. 집이 여기 있는 것도 알게 됐나 봐."

태오 목소리가 가늘게 떨렸어.

"그러게."

나도 가슴이 두근거렸어.

"아빠랑 엄마 벌이 일하다 왔는데, 모두 없어졌으니 얼마나 놀랐을까?"

태오 말에 결국 가슴이 철렁 내려앉고 말았어.

태오는 잊지 않고 있었던 거야. 우리 집이 부서졌던 날을.

우리들만 있을 때 철거반이 들이닥쳤던 그 날을.

태오가 울며불며 철거반 아저씨 다리에 매달렸어.

나도 망치를 든 아저씨를 밀어내려 했지만 역부족이었어.

그 망치가 태오가 아끼던 자전거마저 우그러트렸어. 태오가 찢어지게 울음을 터트려도 소용없었어. 냄비며 밥솥도 내던져지고, 우리 이불도 거칠게 끌어냈어. 내 교과서며 책가방도 철거반 아저씨들 신발에 마구 밟혔어.

우리 집을 닥치는 대로 부쉈어. 사정없이 돌망치를 휘둘렀어. 아버지가 우리들 키를 재고 눈금을 그어 둔 벽도 폭삭 무너졌어. 비도 내렸어. 아니 비가 내리는 줄 알았어. 굴착기가 우리 집을 닥치는 대로 부술 때 호스로 뿌려대던 물이 마치 장대비 같았어.

태오는 그날이 떠올랐던 거야. 나는 태오 머리를 쓰다듬었어.

"그래도 벌집을 곁에 두고 살 수는 없잖아."

나직하게 말하며 한숨을 쉬었어.

"그렇긴 하지만⋯ 근데 형아. 아빠랑 엄마는 몇 밤 자면 와?"

태오가 나를 빤히 쳐다보았어. 나는 얼른 태오 눈을 피했어. 미처 생각지 못한 질문이었거든.

"응⋯ 우리 집 찾으면."

적당히 얼버무렸어. 몇 밤이라고 숫자를 말했다간 매일 손가락을 꼽으며 귀찮게 물을 게 뻔했어.

"그럼 그땐 우리 집으로 가는 거야?"

간절한 표정이었어.

"그렇겠지."

"그땐 내 자전거도 다시 살 수 있지?"

"그럴 거야."

"아빠랑 목욕도 하고, 엄마가 만들어 준 김밥도 먹고?"

묻는 말에 계속 고개만 끄덕였어.

모두 잠든 밤, 나는 뒤척이다가 몸을 일으켰어. 희부연 방 벽에 태오가 달싹 붙어 잠들어 있었어. 등을 세우고, 구부린 고모할머니도 가늘게 코를 골았지. 공공근로를 나가는 고모할머니는 저녁을 먹고 난 뒤 곧장 잠이 들었어. 텔레비전을 켜놓은 채 여덟 시도 안 돼서.

나는 몸을 일으켜 가만히 거실로 나갔어.

벽시계가 밤 열한 시 반을 가리켰어. 오늘도 아빠, 엄마는 시위 현장에 있겠지. 철거된 우리 집 앞, 아니 우리 동네 입구를 지키며.

3호 집 순철이 아버지, 4호 집 영진이 엄마, 5호 집 도형이 할아버지, 7호 집 규채 삼촌도 있을 거야. '강제 철거 중단하라!', '더이상 갈 곳이 없다!' 붉은 글씨가 적힌 띠를 몸에 두르고 말이야. 철거반이 돌아가면 애벌레처럼 웅크린 채 무거운 밤을 보내겠지.

사람들은 우리 동네를 벌집이라 불렀어. 판자로 지은 사각형 집들이 다닥다닥 붙었다고 벌집이라 했어. 벌집 때문에 옆에 들어선 아파트 사람들이 피해를 본다고도 했어. 교육적으로 안 좋다는 말과 함께.

아파트 안 놀이터에서 놀던 태오가 쫓겨 난 적도 있어. 아파트 사람들은 아파트 아이가 우리랑 놀면 어쩔 줄 몰라 했어. 그럴 때마다 우리들만의 섬에 갇힌 기분이었지만 아버지한테 말하진 않았어.

결국, 우리가 살던 벌집은 그렇게 사라졌어.

베란다에 놓인 벌집처럼 말이야.

그때였어.

"뭐하나?"

고모할머니였어. 어두워서 다행이야. 손등으로 얼른 고인 눈물을 훔쳤어.

할머니도 내 대답을 바란 건 아니었나 봐. 곧장 주전자에서 보리차를 한 컵 따라 벌컥벌컥 마셨어. 곧장 다시 방으로 들어갔고.

"아이고, 허리야. 에그 이놈의 허리."

중얼거리며 눕는 소리가 들렸어.

이윽고 고모할머니 앓는 소리도 잠잠해졌어.

나는 어둠 속을 조용히 걸어 베란다로 나갔어.

벌집 꾸러미가 구석에 보였어.

'이 세상에 필요 없는 생명이 있을까?'

나는 꾸러미를 가만히 집어 들었어.

"부스럭 부스럭."

애벌레가 움직이는 소리였어. 나는 그 소리를 가만히 듣다가 집 밖으로 가져나갔어.

풀냄새가 훅 다가왔어. 풀벌레 소리가 가늘게 들렸고.

달빛을 덮은 나뭇잎들이 어둠에 기대 잠들어 있었어.

나는 심호흡을 하며 중얼거렸어.

"그래, 얘들아. 숲으로 가자."

내 말을 알아들었나 봐.

"바스락, 바스락."

마치 응답이라도 하듯 점점 크게 들렸어.

더 생각할 것도 없었어. 나는 냅다 달렸어. 내 가쁜 숨소리도 함께.

생각해 둔 곳이 있었거든. 뒷산 수풀이 우거진 곳. 사람도 다니지 않고, 길도 없는 곳. 개발금지구역이라나.

'그곳이라면… 애벌레 집도 안전할 거야.'

나는 달리면서 마음이 가벼워지는 걸 느꼈어.

가쁜 숨을 매달고 달렸지만 조금도 힘들지 않았어.

줄지어 선 가로등 불빛이 나를 응원하는 것 같았어.

꾸러미를 풀고, 내려놓으면 숨이 트이겠지? 벌들은 어떻게든 살아내겠지?

"고통의 순간들이 우리를 만들지. 어떻게 이겨 내는가가 중요해."

아버지와 산 정상에 올랐을 때 들은 말이 떠올랐어.

나는 마지막으로 애벌레에게 응원을 보냈어.

"너희가 받은 사랑을 기억해!"

그 말은 곧 나에게 보내는 응원이기도 했어.

가장 나다운 것

"**신**지은!"

4학년 첫날, 담임 선생님이 출석을 불렀어.

"네!"

대답하던 지은이와 담임 선생님 두 눈이 딱 마주쳤어.

"반가워, 지은아."

담임 선생님은 안경을 고쳐 쓰며 잠시 뜸을 들인 다음 말을 이었어.

"어제 파마했니?"

최대한 차분하게.

그러자 지은이보다 먼저 반 아이들이 와글댔어.

"파마한 거 아니에요!"

"원래 쟤 곱슬머리예요!"

물어볼 줄 알았다는 듯 너도나도 한 마디씩 했어.

그래. 곱슬머리야. 그것도 억센 머리카락을 빠글빠글 파마한 머리를 떠올리면 돼. 마치 공처럼 둥그런 파마가발을 쓴 것 같은.

거기에다 피부색까지 까무잡잡해.

여름만 되면 사람들이 뭐라고 묻는지 알아?

"어머, 너 바다 가서 실컷 놀았구나?"

"일부러 태웠니, 너?"

신기하다며 계속 훑어본다니깐.

그래도 저 정도는 나아.

"혹시 너, 어느 나라 혼혈이니?"

호기심 가득한 눈으로 묻기도 해.

아니라고 해도 잘 안 믿는 눈치야.

엄마도 곱슬머리에 가무잡잡하지만 늘씬하고, 예쁘거든. 그런데 지은이는 엄마처럼 늘씬하지도, 예쁘지도 않아.

상상해 봐! 반에서 제일 작은 키에, 입술은 두툼하고, 쌍꺼풀 없는 눈을.

무엇 하나 마음에 드는 구석이 없어.

그런데도 엄마는 늘 딴소리야. 아, 미리 말하지만 엄마는 지은이를 공주님이라고 불러.

"공주님, 나다운 게 가장 아름다운 거야. 곱슬머리가 얼마나 좋은데 그래? 제 아무리 유명한 미용사라도 이렇게 자연스러운 웨이브 못 만들 걸. 더구나 까무잡잡한 피부는 단단해서 상처에도 강하고, 멍도 잘 안 들어. 엄마 좀 봐, 여기 모서리에 긁힌 데도 말짱하잖아."

엄마는 상처가 희미해진 손등을 보여주며 웃었어. 그렇지만 모를 거야. 절대로 위로가 안 된다는 것을.

단 한 번만이라도 은지처럼 되고 싶었어.

은지는 짝꿍이야. 지은이와 정반대로 피부도 뽀얗고, 찰랑찰랑한 긴 생머리까지 근사해. 머리카락에서 윤기가 흘러. 지은이는 그런 은지가 얼마나 부러운지 몰라.

오늘도 청소시간에 준규가 비웃었어.

"야, 신지은. 네 머리카락은 철사지? 연구대상이야."

아주 졸졸 따라다니며 놀렸어. 처음에는 그런 준규를 피해 복도로 나갔지. 일그러진 얼굴을 푹 숙인 채 말이야.

"아예 두피를 뚫고 나왔어! 머리카락이 어떻게 저렇게 두껍지? 신기해!"

지은이는 그만 제자리에 주저앉았어. 울음이 북받쳐 올랐거든.

준규는 지은이 첫사랑이야. 2학년 1학기 때 준규가 전학 온 날을 잊지 못해. 선생님을 따라 들어오던 준규는 눈이 부셨어. 호리호리한 몸매에 곱상한 얼굴, 말할 때마다 볼우물이 생겼어.

첫눈에 반한다는 게 이런 걸까? 지은이는 눈을 뗄 수가 없었어. 더구나 지은이와 임시 짝꿍이 되었어. 마침 지은이 짝꿍 승리가 결석을 했거든. 축구하다가 다리뼈가 부러졌다나 뭐라나.

아무튼 다음 날 학교에 온 승리는 혼자 앉아야 했어. 깁스한 다리를 쭉 뻗어야 했거든.

지은이는 속으로 쾌재를 불렀어.

"책 가져왔어?"

지은이가 준규에게 물으면

"아니."

짧게 대답하는 것까지 멋져 보였어.

집에 와서도 자꾸 준규가 아른거렸어.

학교에선 준규만 보였어.

"지은아, 우리 줄넘기 하러 가자!"

쉬는 시간마다 뒷자리 유라가 졸라도 도리질을 쳤어.

"너 혼자 가. 머리가 좀 아파."

"왜? 감기야?"

유라가 휘둥그레진 눈으로 지은이에게 물었어. 지은이는 말없이 책상에 엎드렸어. 준규에게만큼은 연약하게 보이고 싶었거든. 활발하던 지은이가 다소곳하고, 조용한 모습으로 변해갔어.

준규는 청순한 여자를 좋아할 것 같았지.

며칠 후 점심시간이었어. 준규와 유라가 함께 있는 것을 보았어. 소운동장 벤치에 나란히 앉아서.

"유라 너는 웅변 잘한다며. 일등도 했다며. 나도 너 같이 그래 봤으면 좋겠어. 난 사람들 앞에서 말하려고 하면 눈앞이 캄캄해져서 말이야."

준규가 발을 엇갈리게 흔들며 유라를 부드럽게 쳐다봤어. 유라는 단발로 자른 생머리를 찰랑이며 자꾸 웃었어.

미웠어. 배신감도 들었어. 알 수 없는 서운함으로 온몸이 부들부들 떨렸고.

그때부터 준규에게 무엇이든 투덜댔어. 팔꿈치가 조금만 넘어와도

146

바락 화를 냈어. 의자를 삐거덕거려도 짜증을 부렸어. 책을 같이 보자고 해도 눈을 부라렸어. 결국 참다못한 준규가 콧김을 내뿜었어.

"곱슬머리들은 다 너처럼 못 됐어? 빠글빠글 철사머리 같으니라고!"

이글이글거리는 눈을 부릅떴어.

그날로 짝을 바꿨어. 물론 한바탕 울며불며 소동을 피웠던 지은이야.

3학년 때 다시 같은 반이 된 준규는 능글맞아졌어. 툭하면 지은이를 놀렸어.

"곱슬머리, 철사머리! 메롱, 메롱!"

오늘도 지은이 눈물을 빼놓은 거야.

집으로 돌아온 지은이는 식식대며 목청을 높였어.

"엄마, 내 머리카락 좀 어떻게 해 달라고!"

실수였어. 곧이어 엄마의 공주님 타령이 시작됐거든.

"공주님! 꽃들은 서로 비교하지 않지? 네 색깔이 예쁘니, 네 모습이 예쁘니 서로 비교하지 않고, 제 모습을 사랑하며 살잖아. 각자 개성대로 살면 되는 거야."

엄마는 비극이라고는 눈곱만큼도 모르는 표정으로 말했어. 지은이 표정이 싸늘하게 식었어. 위로는 못할 망정 또 절망스런 개성 타령이라니.

"그렇게 좋으면 엄마나 가져!"

화가 솟구쳐서 악을 썼어. 방으로 들어가 거칠게 침대에 누웠는데 쾅 하고 문이 닫혔어. 맞바람에 닫힌 거지.

놀랐을 엄마에게 애써 설명하지는 않았어. 그만큼 슬펐거든. 얇고, 포근한 분홍색 담요를 뒤집어썼어.

"그렇게 좋으면 엄마나 가지라지."

혼잣말을 중얼거리는데 가슴 가득 서러움이 차올랐어.

'정말 방법이 없을까?'

영원히 곱슬머리로 살아야 한다니 끔찍했어. 저도 모르게 터져 나오는 한숨을 끌어안았어. 외로웠어. '왜 날 이렇게 낳아 가지고!' 실망과 원망으로 가슴이 터질 것만 같았어.

"엄마 외출한다. 식탁에 있는 김밥 먹어!"

밖에서 엄마 목소리가 들렸어. 이윽고 현관 닫히는 소리가 확 안겼고.

김밥…. 지은이가 담요를 젖히며 일어나 거실로 나왔어. 기분전환이 필요했어. 텔레비전이나 볼까?

식탁 위에 놓인 김밥접시를 들고, 거실 소파에 털썩 앉았어. 리모컨을 집어 들었지. 길게 한숨이 나왔어. 조금 진정이 되어서일까? 서러움도 조금 잦아든 것 같았어.

김밥 한 알을 입에 넣고는 전원을 켠 뒤 채널을 이리저리 돌렸어.

그때 홈쇼핑 채널에 손이 멈춘 거야. 곱슬머리 모델 언니를 생머리로 바꾸는 장면이었어. 지은이처럼 곱슬머리에 피부색도 거무칙칙했어.

"자, 시청자 여러분. 지금부터 변신을 지켜보세요!"

진행자가 외치지 않더라도 지은이 시선은 이미 고정이야. 디자이너가 먼저 고대기로 곱슬머리를 쫙쫙 펴주는 장면이 실감났어. 힘들이지도 않았는데 생머리가 된 거야.

어머머. 딴사람이 됐어.

오 마이 갓!

거기에다 화장을 하니까 화사하게 바뀌는 게 아니겠어.

'이럴 수가!'

모델 언니는 변신을 마치더니 디자이너에게 인사를 했어.

"새롭게 태어난 기분이에요. 고맙습니다!"

눈부시게 웃는 두 눈에 감동이 고였어. 그 모습을 본 지은이는 가슴이 벅찼어. 왜 저걸 여태 몰랐지? 이런 멍청이! 제 주먹으로 머리를 한 대 쥐어 박았다니까.

이제까지 왜 고민했을까?

"아악! 으아악!"

기뻐서 환호성을 질러댔어. 갑자기 새로운 세상을 만난 듯 희망에 부풀었어. 변신한 모습을 보고 놀라워할 친구들 모습도 떠올랐고.

"야, 라면 사발! 라면 한 그릇 얼마냐?"

곱슬머리를 놀리던 앞집 택현이도 떠올랐어. 택현이가 생머리가 된 지은이를 보면 무슨 말을 할까?

'아마 너무 놀라서 입도 다물지 못하겠지?'

상상만으로도 통쾌해서 견딜 수가 없었어. 지은이는 당장 화장대 앞으로 가서 드라이어를 들었어. 위잉 뜨거운 바람이 쏟아져 나왔어.

롤 브러시에 머리카락을 감은 뒤 드라이기를 갖다 댔어. 그런데 펴지질 않는 거야. 칭칭 감긴 머리카락이 떨어지지도 않았어. 아뿔싸! 간신히 머리카락만 떼어낸 뒤 브러시를 내려 놨어.

"그래, 어쩐지 쉬워 보이더라."

거울을 보며 시무하게 중얼거렸어. 희망이 절망으로 바뀌는 순간이야. 입맛을 다시는데 미용실이 번쩍 떠올랐어.

"맞아. 헤어 디자이너라면 가능해."

지은이는 제 방으로 달려가서 책상서랍을 열었어. 매월 초에 받는 용돈이 아직 남아있는지 보려고. 일기장 사이에 끼워 둔 돈을 세어보니 천 원짜리 일곱 장과 만 원짜리 한 장, 이 정도면 될까? 고개를 갸우뚱거렸

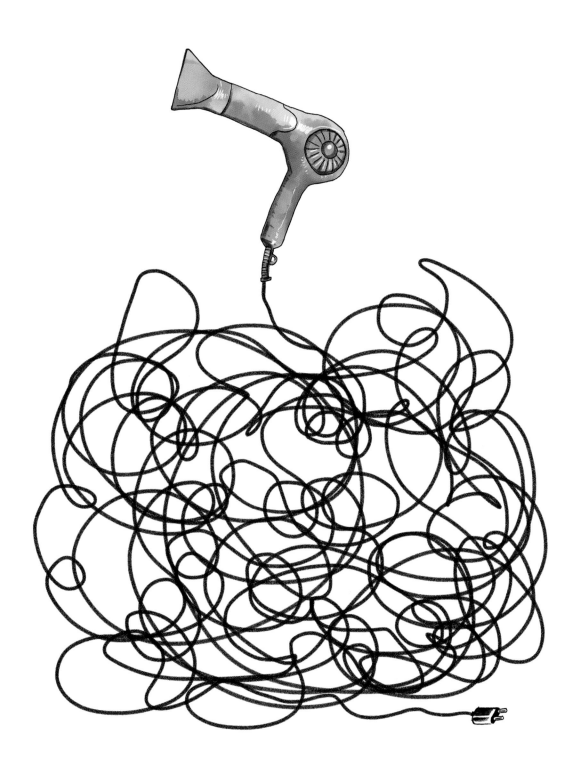

어. 미장원에 자주 안 가서 가격을 잘 몰랐거든. 어찌됐든 가슴 한 켠이 밝아진 기분이었어.

"일단 가보는 거야!"

지은이는 돈을 호주머니에 찔러 넣고 미용실로 내달렸어.

상가 3층에 있는 미용실 문 앞까지 한달음에 달려 도착했어. 이제 이 문만 열고 들어가면 되는 거야. 가슴이 쿵쿵 뛰었어.

문 옆 버튼을 누르니 자동으로 문이 열렸어.

조금 나이 든 미용사 아주머니가 할머니에게 파마를 말고 있었어. 지은이는 쭈뼛거리며 다가서며 물었어.

"저, 생머리로 드라이하려면 얼마예요?"

미용사 아줌마가 지은이를 힐긋 보더니 대답했어.

"응, 삼만 원. 그런데 네 머리는 더 내야 할 것 같은데."

딱 잘라 말했어. 턱도 없는 돈이야. 속상한 마음으로 막 돌아서려는 데 아줌마가 불러 세웠어.

"얘. 드라이는 오늘까지 이벤트야. 만 원에 해줄게."

이벤트, 오늘까지 만 원. 지은이는 두 말 않고 할머니 옆 의자에 가서 앉았어. 마치 무엇에 이끌리듯 말이야.

만 원이면 라면사발이 생머리가 되는 거야. 그것보다 중요한 건 지금

없어. 그사이 아줌마가 뒤로 다가와 지은이 머리를 만지며 말했어.

"어이쿠, 생각보다 심한 곱슬머리구나. 이런 머리는 드라이하기가 힘들어. 이벤트라도 추가요금 받아야 하는데… 에이, 기분이다. 오늘만 이야."

미용사가 선심 쓰듯 말하고는 지은이 머리에 물을 칙칙 뿌렸어.

아! 드디어 변신 시작인 거야. 지은이 가슴이 콩닥콩닥 뛰었어. 두 눈을 꽉 감았지.

그러나 만만치 않았어. 뜨거운 드라이어 바람이 정수리를 지글지글 태울 것 같았거든. 머리카락이 뜨겁다며 비명을 지르는 듯했어. 머리카락 타는 냄새까지 노릿하게 미용실을 채웠어. 한 두어 번은

"앗! 뜨거!"

목을 움츠렸어.

아줌마 말이 맞았어. 롤 브러시로 감은 머리카락을 대여섯 번은 펴고, 펴고 또 폈어. 더구나 긴 시간을 앉아 있으려니 지은이도 힘이 들어서 자꾸 고개를 숙였지 그럴 때마다

"머리 들어, 학생!"

롤 브러시로 감은 머리카락을 뒤로 확 당겼어. 그렇게 얼추 한 시간은 폈나 봐. 미용사가 눈을 뜨라고 했어.

"이제 떠 봐. 얼마나 예뻐졌는지!"

지은이는 살그머니 실눈을 뜨다가 점점 눈이 커졌어. 생머리였어. 분명 지은이 얼굴인데 머리카락은 찰랑찰랑 생머리인 거야.

그 순간 너무 기뻐 소리를 지를 뻔했어. 아니 속으로는 이미

"끼야호!"

소리를 지르고 있었어. 전혀 다른 사람이 된 거야. 짝꿍 은지처럼 머리카락이 찰랑대고 있는 거라고. 꿈 아니지? 웃음이 자꾸 입가로 삐져나왔어.

"드라이를 하니 딴 사람 같네?"

아줌마도 드라이어와 빗을 정리하며 흡족하게 바라봤어.

미용실을 나와서도 믿기지가 않았어. 세상에, 라면사발이던 머리카락이 생머리가 되다니.

'이게 꿈이야 생시야!'

제 팔을 손가락으로 꼬집어보았어. 세상을 다 얻은 기분이 이런 기분일까? 쳐다보는 사람이 없는지도 살폈어. 오가는 사람들이 지은이를 보는 것 같으면 일부러 머리를 흔들면서 폴짝폴짝 뛰어갔어. 그러면 사람들이 지은이 생머리를 보고 감탄하는 듯 보였어. 정말 하늘을 날 것 같

앉았다니까.

집에 돌아와서 화장대 앞에 앉았어. 내친김에 화장을 해보려고. 완벽한 변신을 위해서 말이야. 화장대 서랍을 열자마자 엄마가 쓰는 분가루가 보였어. 뚜껑을 열고 분가루를 만져봤어. 꼭 밀가루처럼 부드럽고 고왔어. 반 여자아이들 대부분 화장을 하지만 지은이는 처음이었어.

호기심으로 가슴이 설렜어. 마른침을 꿀꺽 삼킨 뒤 심호흡을 했어.

무슨 중요한 의식을 치르듯 스펀지에 분가루를 묻혔어. 엄마가 하듯 얼굴은 물론이고 목까지 꼼꼼하게 두드렸어. 텔레비전에서 본 것처럼 지은이 모습도 뽀얗게 변하고 있었어.

지은이는 그런 제 모습을 거울에 요리조리 비추어보았어. 은지만큼은 아니지만 그래도 괜찮아 보이는 거야. 얼마나 좋았던지 시간 가는 줄 몰랐어. 벽에 걸린 시계를 보곤 깜짝 놀라 소리쳤지.

"으악! 여섯 시다!"

외마디 비명을 지르며 뛰어나갔어. 학원 시작이 여섯 시거든.

지은이가 다니는 보습 학원은 상가 4층에 있어. 학교 아이들이 죄 다니는 학원이야. 상가에 학원이 모여 있어서 대부분 여기서 만나게 돼.

지은이는 일층 유리문을 밀고 안으로 들어섰어. 정육점을 지나 약국 앞에서 기역자로 꺾으면 승강기거든.

오늘도 승강기 앞에 아이들이 오구작작 모여 있었어. 4층 학원 팀이야.

지은이는 아이들 앞으로 가서 당당히 섰어. 찰랑거리는 머리와 뽀얀 얼굴을 보고 깜짝 놀라도록 가급적 잘 보이게 섰지.

"크크큭. 크흡. 킥킥."

그런데 갑자기 숨죽여 웃기 시작했어. 아이들이.

'왜 웃지?'

지은이도 어리둥절했어. 곁눈질로 보니까 남자아이 하나가 지은이를 손가락으로 가리키며 키득대지 않겠어. 옆 아이한테 소곤거리는 소리도 들렸어.

"야, 쟤 가부키 같아. 킥킥!"

"어디서 서커스 하다가 왔나? 크크."

"화장법 좀 배우지. 풉."

서로 옆구리를 쿡쿡 찔러대며 웃잖겠어. 마침 승강기 문이 열리면서 아이들이 승강기 안으로 우르르 몰려 들어갔어.

지은이는 탈 수가 없었어. 승강기에 빼곡한 아이들 눈이 지은이만 보았거든. 그 시간이 왜 그렇게 길었는지 몰라. 고개를 푹 숙인 채 승강기 문이 닫히기만 기다렸어.

'빨리, 빨리.'

속으로 빌었어. 온 몸에 힘이 빠져서 더 서 있을 힘조차 없었어.

"탁!"

드디어 문이 닫히고 승강기 앞은 텅 비었어. 지은이는 도망쳐야 했어. 또 다른 아이들이 승강기 앞으로 몰려오기 전에.

'얼른, 얼른!' 주문을 외듯 속으로 외며 달렸어. 최대한 빨리 상가 밖으로 뛰어나갔어.

하늘은 금방이라도 비가 쏟아질 것처럼 회색빛이었어.

지은이 두 눈에 눈물이 고였어. 창피해서 견딜 수가 없었어. 빨리 집으로 가야겠다는 생각뿐이었어.

그때 저만치서 한 무리 아이들이 몰려오고 있었어. 공을 발로 굴리며 저희끼리 요란하게 떠들며.

마주치지 않으려면 지금 뛰어야 했어. 그런데 얼핏 준규 목소리가 들려오는 거야. 귀를 쫑긋 세우는데,

"우리 떡볶이 먹고 갈까?"

참말로 준규였어. 아, 말도 안 돼! 지은이는 숨이 멎는 듯했어.

만나게 되면 끝장이야. 하얗게 질린 지은이가 조그맣게 몸을 말았어.

이제는 왼쪽으로 내달리면 되는 거였어. 부리나케!

"어라? 쟤 지은이 아니야?"

그 순간 무리 속에 한 아이가 알아본 거야.

어떡해! 지은이는 냅다 상가 뒤쪽으로 내달렸어. 뒤쪽은 잔디를 심어 놓은 가파른 언덕이었어. 언덕 아래로 내려가면 한길이고.

지은이는 생각할 틈도 없었어. 언덕 아래로 몸을 날렸지.

흙먼지가 일었어. 휘청거리며 넘어질 뻔했고.

간신히 중심을 잡으며 반쯤 내려왔을까? 발에 무언가 탁 걸리면서 그만 데구루루 구른 거야. 드러난 잔디뿌리에 걸렸던 거야.

발을 삔 걸까? 아프다는 생각보다 창피함이 컸어.

"지은아!"

때마침 누군가 뒤에서 지은이를 불렀어. 지은이 가슴이 쿵 떨어졌고. 이제 다 틀렸어, 소리 내어 울고 싶었어. 들키지 않으려고 이렇게 달렸는데. 그렇지만 절대로 고개를 들지 않을 작정이었어. 지은이는 더 동그랗게 몸을 말았어.

"지은아, 나야, 은지."

은지, 손은지? 지은이가 고개를 들어 돌아보았어. 짝꿍 은지였어. 은지가 먼지바람을 일으키며 지은이한테로 내려왔어.

"안 다쳤어? 승강기 앞에 서 있는 너 봤어. 그래서 따라 온 거야."

은지 얼굴이 발갛게 상기되어 있었어. 그런데 머리카락이 이상했어. 구불구불, 웨이브!

"너 파마 한 거야?"

지은이가 눈물 고인 눈을 들어 물었어.

"응, 헤어롤러 해본 거야. 나는 네 곱슬머리가 정말 부러웠거든. 나는 하루만 안 감아도 찰싹 달라붙어. 그래서 고민이었는데 너는 어쩌면 그렇게 웨이브가 예쁠까 하고 부러웠거든."

부끄러움이 많은 은지 얼굴이 점점 붉어졌어.

툭, 투툭, 툭.

때마침 빗방울이 떨어지기 시작하더니 이내 장대비로 바뀌었어.

쏴아아! 마치 양동이로 퍼붓듯이 무서운 기세로 쏟아졌어.

주저앉았던 지은이가 은지 손을 잡고 일어섰어. 다행히 발목은 아프지 않았어. 둘은 한길로 내려와 뛰기 시작했어. 빗물에 섞인 화장품이 눈으로 들어가 따가웠지만 상관없었어.

철벅철벅 뛸 때마다 신발 속에 물도 철걱철걱 소리를 냈어.

"안 되겠어, 우리 저기 좀 서있다 가자!"

성당 마당에 있는 파라솔 아래로 들어가서 나란히 서서 소리쳤어.

"은지야, 나는 네 생머리가 부러웠어!"

"나는 네 곱슬머리가 부러웠어."

쏴아, 장대비 소리를 뚫고 부러움이 오갔어.

"하얀 네 피부도 부러웠어."

"나는 가무잡잡한 네 피부가 부러웠어."

가슴이 후련해졌나 봐. 둘이 마주보며 한참을 깔깔댔어.

이제야 엄마가 했던 말이 떠올랐어.

나다울 때 가장 아름답다고 한 말.

은지와 비교할 땐 없던 기쁨이 마음에 채워졌어.

"우리, 떡볶이 먹고 갈까?"

지은이가 찡긋 윙크를 했어.

"이 모습으로?"

"뭐, 어때."

"그래, 뭐 어때!"

둘은 물에 빠진 생쥐가 되어 상가로 향했어.

위풍당당 지은이와 은지가 되어.

재잘재잘, 그 어느 때보다 가벼운 발걸음으로….

엄마 손맛

떡볶이를 만들거야. 프라이팬에 먼저 물을 반 컵 부었어. 거기에다 쌀떡 2인분을 넣은 뒤 가만있어 봐, 숟가락으로 고추장을 푹 떴어.

"누나, 조금만 넣어!"

그때 옆에 선 남동생이 내 옷자락을 잡아당겼어. 일곱 살 치곤 작은 키야. 이름은 오지태.

"엄마는 그렇게 많이 안 넣어."

지태가 볼멘소리로 말을 이었어.

"아니야! 엄마도 이렇게 듬뿍 넣었어."

나도 목소리를 높였어. 엄마가 떡볶이를 만들 때 옆에서 봤거든. 큰 숟가락으로 푹 떠서 듬뿍.

"엄마는 그렇게 많이 넣진 않았는데……."

새무룩해진 지태가 말꼬리를 흐렸어.

"맛만 있으면 되잖아! 맛만!"

못마땅해진 나도 눈살을 찌푸렸어.

"엄마가 만들어 준 것처럼 해 줘, 제발!"

지태도 물러서지 않았어.

작년 여름 일이 떠올랐어.

"정인아, 아무래도 싱거운 것 같아. 젓갈 좀 더 넣어봐."

엄마가 열무김치를 담글 때였어. 손끝에 묻은 양념을 혀끝으로 맛보더니 옆에 있는 새우젓을 넣으라는 눈짓을 했어. 내가 한 숟가락 푹 떠서 넣었지. 그 다음 어머머! 뜻밖의 칭찬을 받았어.

"와, 우리 정인이 눈썰미가 대단한 걸! 이제 간이 딱 맞네."

양념 묻은 엄지손가락을 치켜세웠다니깐. 그런 나를 못 믿다니…….

"지태야, 엄마가 고추장 다음에 또 뭘 넣었지?"

조금 누그러진 말투로 물었어.

"엄마 손맛."

지태가 조금도 망설임 없이 외쳤어.

"뭐?"

내가 눈을 치켜떴어.

"엄마가 그랬어. 엄마 손맛이 들어가야 맛있다고."

"그런 건 없어."

"아냐! 있어."

"나 그럼 안 해줘!"

더 이상 참을 수가 없었어. 나도 두 달이나 못 본 엄마 생각에 힘들었거든.

"못됐어!"

혼잣말을 하며 그대로 돌아섰어. 방으로 들어가 문을 세차게 닫아버렸지. 생각보다 문소리가 컸어.

"쾅!"

방문에 매달린 옷걸이가 놀라 흔들렸어.

해거름 서늘바람이 열린 창을 기웃거렸고.

부모님은 먼 도시로 돈 벌러 떠났어. 아파트 공사장 현장식당을 맡았다고 했어.

"애들아. 악착같이 돈 벌어 올게. 그 돈으로 전세방 얻자."

아빠 목소리가 나지막하지만 힘찼어.

"휴일이 없어서 오가지 못할 거야. 보고 싶어도 일 년만 참자, 딱 일 년만."

엄마도 우리 손을 꽉 잡고 놓지 않았어. 그렇게 고모 집으로 온 첫날부터 지태는 반찬 투정을 했어.

"엄마가 해 준 맛이 아니야."

밥상 앞에서 투덜댔어. 어쩐지 고모한테 눈치도 보였어. 미용실에 다니는 고모는 이혼을 한 뒤 혼자 살았어. 반지하 방 두 칸을 얻어서.

우리를 일 년간 맡아 준다고 한 것만으로도 고마웠어. 그런 고모를 위해 우리가 속 썩이면 안 되는 거잖아.

큰 대자로 누워 천장을 바라보았어. 눈물이 피잉 돌았어.

'엄마, 엄마!'

속울음이 일었어.

'그래도 울면 안 돼. 나는 누나야.'

나를 다독이며 문 쪽을 바라보았어.

잠잠했어. 아마 시무룩하게 식탁 앞에 앉아 있겠지?

생각해보니 지태 말이 옳아. 엄마가 만든 음식은 감탄이 절로 나왔거든.

"음. 맛있어, 엄마!"

말꼬리가 올라가고, 온 몸에 행복이 채워졌어.

'엄마가 해 준 달걀찜은 최고였어.'

그 맛이 떠올라 군침이 돌았어. 입가에 빙긋이 웃음도 스몄어.

우리 집 밥상에 둘러앉은 아빠, 엄마, 지태와 나를 떠올렸어.

"지태 잘 부탁한다, 정인아. 누나라고 하지만 4학년 밖에 안 된 너한테… 동생까지 맡기고… 가난해서 미안해."

떠나기 전날 밤, 엄마가 울먹이며 나를 안아주었어. 그때 내 머리카락에 닿던 엄마의 콧김이며 향긋한 엄마 냄새를 와락 붙들었어.

그러다 까무룩 잠이 들었나봐. 뭔가 서늘한 느낌에 눈을 떴으니까. 눈을 뜨자마자 화들짝 몸을 일으켜 지태를 불렀어.

"지태야!"

제법 큰 소리로 불렀지만 인기척이 없었어.

"어디 있어? 지태야!"

화장실 문을 발칵 열었지만 없었어. 어디 갔을까? 이 동네는 아는 애들도 없는데…. 나는 정신없이 현관문을 열고 계단을 뛰어올라갔어. 지태가 안 보였어. 불안한 마음을 안고 골목으로 튀어나갔어.

"지태야, 지태야!"

이름을 부르며 놀이터까지 갔지만 보이지 않았어.

'어디 간 거야, 대체 어디 있어.'

정신없이 두리번거렸어.

'그냥 지태가 해달라는 대로 해 줄 걸.'

후회가 몰려왔어. 방에 누워 있지 않았더라면…. 그래서 잠들지만 않았어도…. 겁이 덜컥 밀려왔어.

"지태야, 지태야!"

있는 힘껏 불러도 고요했어. 한 줌 남은 노을빛도 제 집을 찾아 돌아갔어. 지태를 부르는 내 목소리가 점점 두려움으로 갈라졌어. 곧 어둑어둑 어둠이 찾아들었어. 집집마다 창문이 닫히고, 불이 밝혀질수록 마음도 급해졌어. 저만치 슈퍼 앞에 동네사람들이 앉아있어서 부리나케 달려갔어.

"저 아주머니, 로봇 그림이 박혀있는 흰 운동화를 신었고요. 노란색 티에, 검은 바지를 입은 남자아이인데 혹시 못 보셨어요?"

"글쎄, 아이들은 다 비슷비슷해서……."

조금 나이든 아주머니가 고개를 가로 저었어.

"동생을 잃어버렸니? 이제 컴컴해질 텐데 어쩌나."

머리카락이 하얀 할머니가 걱정스런 눈빛을 보냈어.

'엄마, 어떡해.'

금방이라도 울음이 터져 나올 것 같았어. 나도 모르게 입술을 꽉 깨물었어. 그래도 울음이 삐져나왔어. 이번엔 다른 쪽으로 뛰었어.

"지태야, 지태야!"

큰 소리에 놀랐는지 담장 안에서 "으르렁 헝헝!" 개 짖는 소리가 덤볐어. 이미 날은 어두워지고 있었어.

'어떡해, 어떡해.'

두려운 눈물이 고였어.

"엄마, 엄마아! 지태야, 지태야!"

엄마와 지태를 번갈아 부르며 달렸어. 제비꽃어린이집 앞을 지나 건강약국까지 고샅고샅 찾았지만 허탕이었어. 금세 캄캄해질 것 같았어.

'그래, 고모한테 전화를 하자.'

전화를 걸기 위해 집으로 내달렸어. 숨이 턱까지 차서 계단을 내려가 현관문을 밀고 들어서는 순간이었어.

"누나! 어디 갔었어?"

지태가 서 있는 게 아니겠어! 나는 비명을 지르며 지태를 끌어안았어. 울음이 봇물 터지듯 터져 나왔어.

"너, 어디 있었어?"

눈물을 닦지도 못한 채 물었어.

"응, 고모 침대에서 잤어."

두 눈을 끔뻑였어. 나는 또 울음이 터져 나왔어.

늘 덤벙댄다고 엄마한테 걱정을 듣던 나야. 이번에도 잠이 덜 깬 채 밖으로 뛰쳐나가느라 고모 방을 못 살핀 게 떠올랐어. 더구나 고모 방에 있을 거라곤 생각지 못했거든. 이런 맹추, 맹추!

"누나, 우리 슈퍼에 가 보자."

지태가 갑자기 눈을 빛냈어.

"슈퍼엔 왜?"

눈가에 고인 눈물을 손바닥으로 훔치며 물었어.

"엄마 손맛 사러."

지태 표정이 진지했어.

"돈도 있어!"

헤벌쭉 웃으며 나를 방으로 당겼어. 부리나케 서랍장 제일 아래 칸을 열었어. 익숙한 듯 꽃무늬양말 안에서 꺼내 들었어. 꼬깃꼬깃 접힌 만 원짜리 한 장.

"이게 어디서 났어?"

"응, 엄마가 돈 벌러 가던 날 나한테 줬어. 과자 사 먹으라고."

"근데 왜 안 사먹었어?"

나는 무릎을 꿇고 지태와 눈을 맞췄어.

"그냥……."

"……."

나도 비상금을 받았지만 말하지 않았어. 꼭 필요할 때 쓰라며 아빠가 주고 간 돈이었거든.

나는 지태의 머리를 가만히 쓰다듬었어. 엄마가 있을 땐 만날 어리광만 부렸던 동생이야. 엄마 품으로 파고들고, 목에 매달려 떼도 썼어. 어떨 땐 땅바닥에 데굴데굴 구르며 울기도 했어. 그런 지태를 엄만 차분하게 기다려 주었어.

"그래, 마음이 좀 진정되니?"

감정 표현하는 방법을 가르쳐주었어. 그런데 지금은 그럴 수가 없잖아.

만 원을 넣어 둔 꽃무늬양말도 엄마가 늘 신던 양말이야.

"그래! 우리 슈퍼에 가자!"

내가 조용히 일어섰어. 깨어질 꿈이면 어때. 잠시라도 기쁨을 주고 싶었어.

"와! 엄마 손맛 사러 출동이다!"

지태도 나를 따라 발딱 일어나며 명랑하게 소리쳤어.

팔 하나를 허리춤에 대고 또 하나를 쭉 뻗었어. 지태가 좋아하는 배트맨 흉내를 내며.

슈퍼로 가는 길에 지태는 팔딱팔딱 뛰며, 오랜만에 신이 났어.

제일 가까운 대박 슈퍼에 갔어. 얼마나 찾았을까. 처음과는 달리 지태의 낯빛이 조금씩 굳어졌어. 아무리 찾아도 '엄마 손맛'이라고 쓰인 건 없었으니까.

"너희들 뭘 찾니?"

계산대에 앉아있던 아줌마가 우리를 보며 물었어.

지태는 쭈뼛거리며 계산대 앞으로 다가갔어.

"엄마 손맛이요."

지태 말소리가 우렁찼어.

"엄마 손맛?"

"네!"

"그런 조미료가 있나? 가만있어 봐."

아줌마가 계산대에서 나오더니 뒤쪽에 있는 조미료 코너로 갔어.

"어디 회사 제품이니?"

진열대 때문에 보이지 않는 아줌마 말소리가 들려왔어.

"몰라요……."

지태가 우물쭈물 대답했어.

"몰라?"

아줌마가 앞으로 걸어 나오며 눈을 크게 떴어.

"우리 집에는 없는 것 같은데……."

"없어요?"

지태가 실망한 모습으로 아줌마를 쳐다봤어.

"응, '엄마 손맛'이라는 조미료는 없어. 저 아래 슈퍼에 한번 가 볼래? 요즘은 매일같이 신제품이 쏟아져 나오니까 내가 모를 수도 있어. 한번 가 봐."

아줌마가 미안해하며 손짓을 했어. 우리는 주춤주춤 인사를 하고 밖으로 나왔어.

언덕 아래 슈퍼 아줌마도 고개를 갸웃거렸어.

"엄마 손맛?"

"네."

"그런 건 없고 '엄마손' 고무장갑은 있어."

"엄마 손맛인데."

지태가 시무룩하게 말했어.

"너희 엄마가 사오라던?"

지태가 고개를 가로저었어.

"아니요. 떡볶이 할 때 엄마 손맛이 필요해요."

지태 표정이 밝아졌어.

"조미료인가 그럼?"

"아니에요. 그냥 우리엄마 손맛이에요. 누나가 떡볶이를 하려고 하는데요, 엄마가 해준 것 같은 손맛이요."

"뭐? 그럼 그 손맛을 말하는 거냐?"

"네!"

"하이고 별일일세. 내가 슈퍼만 30년 했는데 너희 같은 애들은 처음 본다. 야, 이 녀석들아, 엄마 손맛은 엄마가 만든 맛인데, 네 엄마한테 해 달라고 해야지, 그런 걸 슈퍼 와서 찾으면 어떡해?"

"……."

174

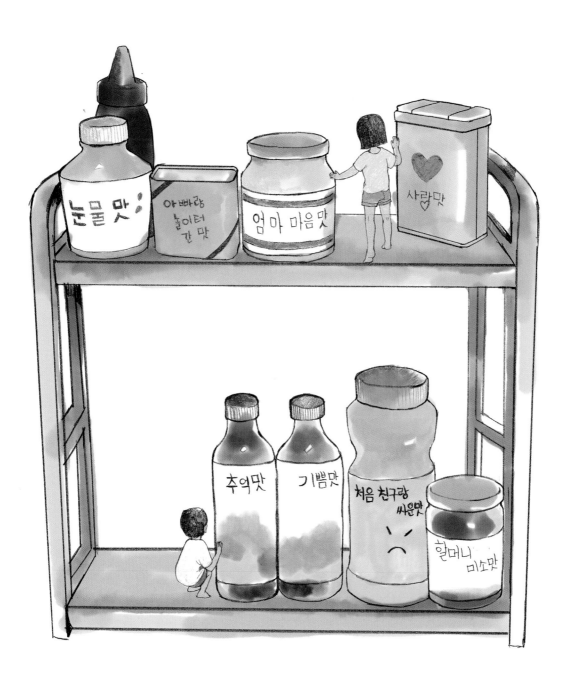

나는 고개를 떨어트렸어. 놀란 지태가 떠듬떠듬 거렸어.

"우리 엄마 없는데……."

"그래? 어디 갔는데?"

"돈 벌러 갔어요."

난 얼른 지태의 손을 잡아끌며 서둘러 인사를 했어.

"죄송합니다. 안녕히 계세요."

"그래, 잘 가라. 엄마 손맛? 하유, 고것들 참."

아줌마 혼잣말이 돌아서는 우리 등을 떠밀었어.

"엄마 손맛을 만 원어치는 안 판다고 하면 어쩌지?"

재재거리던 지태가 풀이 푹 죽었어.

"혹시 만 원어치 안 판다고 해도 사정해 보자, 누나."

주먹을 불끈 쥐던 지태였어. 조그만 지태 손을 잡았어. 꽉 진 주먹이 스르르 풀리며 땀이 밴 만 원이 내 손에도 만져졌어.

"누나. 엄마 손맛은 슈퍼에 없나 봐."

실망한 지태가 고개를 숙였어. 나도 다른 때 같으면 '것 봐, 내 말이 맞지?' 으스댔을 텐데 아무 말도 할 수가 없었어. 시무룩하게 걷던 지태가 우뚝 멈췄어.

"누나, 저기 가서 떡볶이 사먹자."

지태가 분식집을 가리켰어.

"엄마 손맛이 없을 텐데?"

"그냥 엄마 생각하며 먹을래."

"그럴래? 그러자, 그럼."

지태가 다시 씩씩해졌어. 내 손을 꼭 잡더니 손을 앞뒤로 휙휙 흔들면서 나를 불렀어.

"누나!"

"응?"

"우리 집에 가서 엄마 냄새 맡자."

"뭐?"

"엄마 냄새 말이야. 엄마 손맛 대신에 엄마 냄새 맡을래."

"엄마 냄새가 어디 있는데?"

"엄마 잠옷을 가져왔거든."

지태가 마치 비밀을 털어놓듯 소곤거렸어.

"정말?"

나도 함께 속삭였어.

"응, 내가 만날 맡고 자는 걸?"

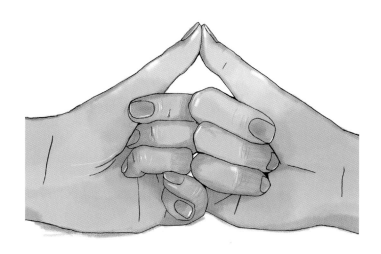

"그랬구나. 그럼 오늘은 누나한테도 엄마 냄새 좀 나눠줄래?"

"그래. 특별히."

"약속!"

내가 손가락을 내밀었어.

"응, 약속!"

지태가 손가락을 걸며 웃었어. 매콤한 떡볶이 냄새가 바람에 실려 왔어. 마치 엄마 냄새처럼 따뜻하게.

황윤서 바이러스

마음초등학교, 5학년 1반 급식시간이야. 우리들은 복도까지 길게 줄을 섰어. 내 앞에 선 윤서가 식판을 막 빼들었을 때야.

"황윤서 바이러스가 식판에 옮았다!"

윤서 뒤에 섰던 여진이 말소리가 쩌렁쩌렁했어.

"워, 워!"

마치 무서운 바이러스를 피하듯 손을 털었어. 표정도 마구 일그러뜨렸어. 윤서를 오버해서 피하는 시늉까지 하면서.

쌓인 식판 앞으로 가서 제일 밑바닥 식판을 빼 들었어.

"자, 여기 바이러스 안 옮은 식판 받아!"

줄을 선 애들에게 일일이 건넸어. 뒤에 섰던 애들이 팔을 뻗었고.

"나도 줘, 나도!"

너도나도 웅성거렸어. 여진이가 아래쪽에서 계속 식판을 뺐어.

윤서가 그런 여진이를 노려보았어. 찌를 듯이. 밥 배식을 맡은 조민이도 마땅치 않은 표정이었어. 한숨을 쉬며 주걱으로 밥을 푹 펐어. 그 주걱을 공중으로 든 다음 공중에서 밥을 털었어. 밥 한 덩이가 털썩 윤서 식판 위에 떨어졌고.

급식시간이면 늘 이런 소동이 벌어졌어.

윤서는 우리 반에서 제일 작은 여자 아이야. 번호도 1번. 목소리도 제일 작아. 선생님이 윤서를 시킬 때면 목청이 커졌어.

"윤서야, 크게! 더 크게!"

아무리 애원해도 윤서 목소리는 더 커지지 않았어. 마치 목소리가 몸에 갇힌 것처럼.

윤서가 일어서면 머리카락도 함께 일어섰어. 머리카락을 허리까지 늘어트리고 다녔거든. 그 긴 머리카락은 늘 역한 냄새가 났어. 옆으로 지나갈 때면 숨을 참아야 했고.

옷도 특이하게 입었어. 크고 작은 별무늬가 박힌 노란색 스니커즈에 헐렁하게 큰 분홍색 윗옷을 입었어, 늘.

앉을 땐 두 팔을 옷에서 뺀 뒤 그 팔을 몸속에 다시 집어넣고 앉았어. 가느다란 다리를 의자 위에 올린 뒤 쪼그리고 앉았고.

윤서가 처음부터 이런 모습은 아니었대. 4학년 때와는 전혀 다른 모습이라고 들었어. 윤서 엄마가 암으로 돌아가신 뒤부터라고 했어. 가끔 외할머니가 선생님을 찾아 왔어.

"아직 어린 게 제 어미를 잃은 충격이 클 거예요. 잘 좀 부탁드립니다."

할머니는 굽은 허리를 더 구부리며 인사를 했어.

아무튼 윤서가 지나가면 아이들이 슬금슬금 피했어. 옷깃이 스치기라도 하면 바이러스가 옮겨왔다며 호들갑을 떨었어. 윤서와 옷깃이라도 닿은 아이도 그날은 윤서와 같은 취급을 당했거든. 바이러스가 옮았다면서 말이야.

그래서 더더욱 윤서를 피했는지 몰라.

윤서가 선생님께 이르지 않은 것도 아니야.

학교폭력 글짓기대회 날이었어.

"어마어마하네!"

제출된 원고를 읽던 선생님 얼굴이 굳어지며 말했어. 처음엔 경쟁률이 어마어마하다는 줄 알았어. 그런데 아니었어. 윤서가 자신이 당한 이야기를 모두 쓴 거야. 그것 때문에 선생님 잔소리를 종 칠 때까지 들어야 했어.

걸린 아이들은 여진이, 태경이, 고은이, 해나 패거리였어. 또 정수, 승환이, 현서, 영진이도 걸렸고. 생각보다 많은 아이들이 윤서를 힘들게 한 거지.

2학기가 되어도 윤서 바이러스는 계속되었어. 정수가 청소하면서 대걸레가 윤서 발에 살짝 닿았거든. 그런데 미안해하기는커녕 걸레를 윤서에게 들이밀었어.

"황윤서 바이러스가 걸레에 옮겨졌다!"

구정물이 뚝뚝 떨어지는 걸레를 말이야.

"하지 말라고!"

윤서가 쥐어 짜듯 소리쳤어. 곧 눈가를 훔치며 화장실로 갔고.

지켜보던 여진이 패거리들이 이죽거렸어.

"쟨 티 나게 왜 저러냐? 따 당하는 애들은 이유가 있다니깐!"

비웃어대더니 서로서로 눈짓 신호를 했어.

"쉿! 쉿!"

서로 입다짐을 하며 화장실로 몰려갔어. 잠시 후에 윤서가 꺽꺽거리며 울며 나왔고. 무슨 일이 있었는지 알만 했어.

아무튼 반 아이들은 윤서를 부를 땐 꼭 바이러스를 붙였어. 그러다 그것도 길다고 줄여 불렀어. '황바' 이렇게.

그렇다고 윤서가 저항을 하지 않은 건 아니야.

"내가 뭐 어쨌는데!"

저항이라고 해봐야 이 정도였지만.

"쟤는 왜 촌스럽게 저렇게 소리치고 저러냐?"

대수롭지 않게 무시당하기 일쑤였어. 반 아이들도 하루에 몇 번씩 일어나는 소란을 대수롭지 않게 생각했어. 소란이 일면 나 역시 힐긋 쳐다보고는 읽던 책을 마저 읽었거든. 사실 윤서만 괴롭힘을 당했던 건 아니야. 내 앞에 앉은 서연이도 1학기 때 조금 힘들었어.

서연이가 모둠별로 연극연습을 할 때야. 대본을 연습하던 서연이 머리카락을 건드린 거야. 개구쟁이 현서와 영진이가. 서연이 뒤로 다가가 긴 머리카락을 배배 꽜어.

"다 죽여 버릴 거야!"

서연이가 연극대본을 북북 찢으며 악을 썼어. 우리 모두 놀라 서연이를 쳐다봤지. 평소 조용한 서연이가 이렇게 폭발할 줄 몰랐거든. 그 이

후로는 서연이를 아무도 건드리지 않았어.

자신감이 생겼는지 서연이는 점점 목소리를 냈어. 친구들에게 먼저 말을 걸었어. 그렇게 해서 '서연 4인방'도 생겼어. 이젠 아무도 못 건드리는 4인방이 된 거지.

그래서 윤서도 그러길 바랐어.

'역시 재수 없구나, 저 인간.'

이런 걸 속으로 말해 본다든지 유머러스하게 받아친다든지 하는 거 말이야. 아니면 '세상은 이런저런 사람들이 있지.'

윤서 스스로 자기를 위안하는 방법을 자꾸 만들어 보길 바랐어.

나에 대해서도 생각해 봤어.

'나는 비겁한 걸까?'

윤서가 힘들 때 나도 침묵했거든. 사실 괜히 끼어들어서 피곤해질 필요가 있을까? 나까지 따돌림 당하면 어쩌려고? 그런 생각들이 지배적이었어. '윤서가 유별난 건 맞잖아?' 스스로 내 자신을 합리화시키기도 했고.

다음 날 점심시간, 화장실에 갔을 때야. 고은이와 해나가 첫째 칸 앞에 서서 킥킥거리고 있었어. 그때 마침 윤서가 그 칸에서 나왔어. 그런 윤서를 향해 해나가 물었어.

"너, 그 안에서 뭐했냐? 아, 냄새구려!"

해나가 코를 틀어쥐자 윤서 얼굴이 딱딱하게 굳었어.

"어쩌라고!"

"아니 묻지도 못 해? 구리게 그 안에서 뭐 했냐고?"

악바리 고은이가 실룩이며 윤서 앞을 막아섰어. 나는 모른 체 지나쳐서 다음 칸으로 들어가면 되었어. 그런데 바닥에 발이 달라붙은 듯 떼어지지 않는 거야. 심장이 쿵쿵 뛰었어. 처음이야.

'윤서 편이 되어줘!'

심장이 내게 신호를 보내는 것 같았어. 잠시 망설였지. 그 순간 윤서가 고개를 푹 숙인 채 복도로 뛰어 나갔어.

"쟤 왜 저러냐! 아, 구려! 똥 쌌나 봐."

고은이와 해나가 마주보며 킬킬거렸어. 거기까지야. 쿵쿵 뛰던 심장이 이내 잠잠해졌어. 나는 얕은 한숨을 쉬며 화장실 안으로 들어갔어. '그래, 상관 마. 내 일도 아니잖아.' 나는 내내 속삭였어.

5교시는 체육시간. 뙤약볕이 따가웠어. 반 아이들이 나무 그늘 아래로 모여들었어.

"자, 오늘은 짝꿍 찾기 게임을 할 거야. 준비, 시작!"

담임 선생님의 신호가 떨어졌어. 친한 아이들끼리 짝꿍을 찾느라 북새통을 이뤘어. 나무그늘 아래마다 짝을 찾아 끌어안고 팔딱거렸어. 힐긋 윤서를 바라봤어. 이대로 두면 윤서는 혼자가 되거든. 나도 모르게 윤서 쪽으로 다가가는데 누가 내 팔을 잡아당겼어.

"우리 짝 하자!"

은진이었어. 결국 윤서만 혼자 남았어. 윤서는 미끄럼틀 아래에 쪼그려 앉은 채 울기 시작했어. 따가운 햇살이 윤서 등에 꽂혔어. 선생님도 그런 윤서를 달래주지 않았어.

"이건 게임이야. 그깟 짝꿍 하나 못 찾았다고 울면 유치원으로 가도 모자라!"

오히려 윤서를 나무랐어. 챙이 넓은 모자를 쓴 선생님이 못마땅한 표정을 지었어. 그래도 윤서가 울음을 멈추지 않았어. 어쩔 수 없이 윤서를 뺀 채 짝꿍게임을 계속했어. 윤서는 수업이 끝날 동안 울음을 멈추지 않았어. 조그맣게 쪼그려 앉은 채.

선생님도 윤서를 투명인간 취급을 했어. 선생님마저 윤서를 외면하니까 윤서 주변엔 그 누구도 가지 않았어. 무심하게 수군대며 말이야.

윤서는 점점 무인도가 되어갔어. 시간이 갈수록 황윤서 바이러스는 당연하게 느껴졌고.

"황바다!"

여전히 윤서 손이나 옷이 닿으면 누구라도 외쳤지. 식판을 빼들고, 호들갑을 떨며 말이야.

며칠 뒤 리본체조 수행평가를 하게 됐어. 윤서는 겨우 팀을 짜서 여진이 4인방 팀에 들어갔지만 외면을 당했어. 연습을 하는 동안에도 윤서를 끼워주지 않았거든. 수행평가 전날 윤서는 울면서 선생님께 일렀어.

"제게는 아무런 동작도 가르쳐주지 않아요."

윤서는 손등으로 눈물을 훔쳐냈어.

"너희는 같은 모둠이야. 그런데 왜 함께하지 않지? 이러면 모두 빵점이야!"

선생님이 여진이 4인방에게 외쳤지. 그런데 이제 와서 이게 무슨 소용일까. 수행평가는 하루밖에 남지 않았거든. 여진이 4인방은 여전히 윤서를 껴주지 않았고.

다음 날 수행평가 날이 되었어. 다른 팀들은 우수한 평가를 받았어. 그런데 여진이 4인방 팀은 점수를 받지 못했어. 팀 리더 여진이가 제주도에 갔거든. 그 바람에 동작을 제대로 해내지 못했어. 동작을 까먹어서 흐느적거리고, 제멋대로였어.

"너희는 윤서도 끼워주지 않았지? 더구나 여진이가 제주도에 갔다고 팀이 다 깨져버리면 어떡해? 약속대로 너희는 점수 없어!"

선생님 목청이 커졌어. 아이들은 조용히 제자리로 들어가서 앉았어. 그런데 저희끼리 뭔가 쑤군대는 것 같았어. 불안했어. 계속 윤서를 힐긋거렸거든.

점심을 먹고 나면 30분이 늘 남았어. 그래서 여자아이들은 공책에 그림을 그리며 놀았어. 칠판에 그리기도 했고.

윤서도 공책에 포켓몬을 그리고 있었어. 그때였어. 여진이 패거리가 윤서에게 다가갔어. 서로 눈짓을 하면서.

"황바가 내게 옮았어. 으아악! 어떡해."

일부러 윤서 옷에 제 옷을 툭 갖다 댄 거야. 그와 동시에 분무기를 윤서에게 뿌려댔어. 지독한 냄새가 확 일었어. 락스, 락스 냄새야. 분무기 안에 락스를 넣은 게 분명했어. 윤서가 두 팔로 얼굴을 감싼 채 책상에 푹 엎드렸어.

"오늘 황윤서 바이러스를 완전히 박멸하자!"

여진이는 비열하게 웃으며 락스를 분무했어. 에워싼 패거리들이 통쾌하다는 듯 깔깔거렸어.

그런데도 교실 풍경은 너무나 평온했어. 진수는 현빈이와 할리갈리 게임을 하느라 킬킬거렸고, 반장 윤희는 책을 읽고 있었어. 은혜는 코딱지를 파며 창밖을 바라보고 있었고, 석이와 주해는 나란히 앉아 속삭이고 있었어.

정말이지 그 누구도 윤서를 쳐다보지 않았어. 모둠과 모둠 사이를 오가는 아이들도 무심히 지나쳤어. 윤서는 울지도 않았어. 책상에 엎드린 채 말이야.

그 순간 내가 발떡 일어나며 고함쳤어.

"양여진!"

나도 내 목소리가 그렇게 큰 줄 몰랐어. 책상을 밀치며 여진이 앞으로 다가갔어.

"너희 모두 잘 들어! 이제부터 윤서 건드리면 나도 참지 않을 거야. 윤서는 지금 아파. 엄마가 돌아가셔서 마음이 아픈 친구야. 엄마를 잃게 된 거라고. 알아? 만날 보던 엄마가 사라져 버린 거라고. 그 상처가 너무 쓰리고, 아파서 아무것도 할 수 없는 거야. 그런데 씻지 못하고, 옷도 못 갈아입는 일이 뭐 대수라고 따돌리고 다른 상처까지 주냐고!"

내가 두 주먹을 불끈 쥐었어. 눈을 부릅떴어. 눈물이 핑 돌았거든. 그런데도 여진이는 까딱도 하지 않았어.

"그래? 그럼 지금 네게 옮은 바이러스부터 제거해 볼까?"

여진이가 괴상하게 웃으며 분무기를 들었어.

그 순간 은영이가 재빨리 다가와 분무기를 낚아챘어.

"내 말도 잘 들어. 앞으로 윤서 건드리지 마."

은영이 눈빛이 단호했어.

"나도 은영이 말에 동감!"

부반장 영진이었어.

"앞으로 윤서 괴롭히면 나도 가만히 안 있을 거야!"

영진이가 다가오며 을러댔어.

"나도 가만히 안 있을 거야."

"나도."

"나도!"

교실 여기저기서 윤서 편이 나섰어.

다음 날부터 나는 윤서와 함께 다녔어. 단짝이 된 거지. 다른 애들처럼 화장실도 함께 가고, 줄넘기도 함께 연습했어.

윤서 모습도 변했어. 더이상 냄새나고 헐렁한 옷이 아니었어. 산뜻하게 자른 머리카락에서도 좋은 향기가 났어.

여진이 패거리들도 바이러스 소리는 쑥 들어갔지.

"우리 엄마가 하늘나라에서도 날 응원하시겠지?"

함께 그네를 타던 윤서가 말했어. 그것도 명랑하게 큰 소리로.

"물론이지!"

우렁우렁 외치며 그네를 굴리는데 윤서가 하늘을 향해 외쳤어.

"또 만나, 엄마!"

그 어느 때보다도 높고, 씩씩한 목소리였어.